Eine besondere Herzensangelegenheit

von Milena Mayfeldt

edition elibresca

Über das Buch:

Es heißt, die Feder sei mächtiger als das Schwert, doch kann ein Buch wirklich dein Leben verändern?

Isabelles Leben verläuft geradlinig und vorhersehbar – oder anders ausgedrückt: ziemlich langweilig. Höhepunkt ihrer Woche ist der Freitagabend, wenn in der S-Bahn Bücher ausgesetzt und getauscht werden.

Ausgerechnet eines dieser ausgesetzten Bücher ist es, über das sie die lebenslustige Lily kennenlernt – nicht persönlich allerdings, denn die beiden Frauen stehen nur über E-Mails in Kontakt.

Trotzdem beginnt Isabelles Leben sich nach und nach zu verändern, und sogar die große Liebe scheint jetzt zum Greifen nah. Doch dann muss Isabelle sich entscheiden ...

Eine besondere Herzensangelegenheit

von Milena Mayfeldt

edition elibresca

Verlag Kerstin Wassermann
- edition elibresca -
Maifischweg 35
68549 Ilvesheim

Coverdesign: Kerstin Wassermann
unter Verwendung von
Bild # 19797582 © VRD – fotolia.com
ISBN: 978-3-943859-23-2

www.elibresca.com

Über alles hat der Mensch Gewalt,
nur nicht über sein Herz

Friedrich Hebbel

Kapitel 1

Es war einfach nicht mein Tag. Wieder einmal. Genau genommen schon zum fünften Mal in dieser Woche, und das war ziemlich beachtlich für einen Freitag.

Ich hatte mir gerade einen frischen Kaffee aus unserer kleinen Büroküche geholt, um mich für die letzten Arbeitsstunden der Woche fit zu machen, und mich wieder an meinen Schreibtisch gesetzt. Wie immer warf ich zwei Stück Würfelzucker in den fast bis zum Rand gefüllten Henkelbecher, als es passierte: Plötzlich begann der Kaffee zu schäumen, stieg in der Tasse auf und begann, über den Rand zu laufen.

Mit der Geschwindigkeit eines Weltklasse-Sprinters beim Startschuss sprang ich auf, schnappte mir mit einem Griff die Unterlagen, die ich vorher auf dem Schreibtisch ausgebreitet hatte, und versuchte verzweifelt, sie aus der Gefahrenzone zu bringen.

Doch es war schon zu spät. Heißer, schäumender Kaffee lief über die schon fertig ausgefüllten Formulare, ließ das Papier wellig werden und hinterließ ein interessantes Muster, das entfernt an den Nachwuchs eines Dalmatiners erinnerte, der sich mit einer Kuh gepaart hatte.

Ich stieß einen unfeinen Fluch aus, bei dessen Wortlaut meine Großmutter sich nicht nur im Grabe umgedreht, sondern sich wahrscheinlich geradewegs nach Australien durchgebuddelt hätte, und verließ entnervt mein Büro. Ich wusste genau, wer für diesen Schlamassel verantwortlich war, und demjenigen musste ich jetzt ein für alle Mal klarmachen, dass es so nicht weitergehen konnte.

Ohne anzuklopfen, marschierte ich in das Büro meines Chefs. Lina, seine Sekretärin, an deren Schreibtisch ich dabei vorbeigehen musste, versuchte, eine unbeteiligte Miene aufzusetzen. Aber ich sah ihr sofort an, dass sie allergrößte Mühe hatte, sich ein Lachen zu verkneifen. Wie immer war sie natürlich in das Komplott gegen mich eingeweiht gewesen.

Ich warf ihr einen meiner ultimativen vernichtenden Blicke zu. Sie sollte ruhig wissen, dass ich sie durchschaut hatte. Ganz zufrieden war ich mit der Wirkung allerdings nicht. Anstatt vor Scham im Boden zu versinken, wie es sich gehört hätte, prustete sie laut los. Das Geräusch kam dem eines Nashorns mit Keuchhusten ziemlich nahe.

Ich versuchte, ihr Lachen weitgehend zu ignorieren, und stapfte weiter in das Zimmer meines Chefs, der hinter seinem überdimensionalen Schreibtisch saß und mir mit unschuldigen Kulleraugen entgegenblickte.

Es war ein Phänomen, dass alles an diesem Mann seltsam rund wirkte. Er war ungefähr so breit wie hoch, hatte einen perfekt kugelförmigen Kopf mit rundlicher Knollennase und sogar seine Ohren wirkten runder als bei anderen Menschen. Zu allem Überfluss trug er dazu immer noch eine Harry-Potter-Gedächtnis-Brille, die den Look im wahrsten Sinne des Wortes abrundete.

»Herr Dr. Zinkelmann«, begann ich in entschlossenem Tonfall, während ich die fleckigen Papiere vor ihm auf die Tischplatte knallte, »so geht das auf keinen Fall weiter. Ich kann so nicht arbeiten!«

Zinkelmann blickte zwischen den Papieren und mir hin und her. Mit seinen Lippen formte er ein – natürlich perfekt rundes – O. »Was ist denn da passiert?«, mimte er den Erstaunten.

Ich musste meinem Chef zugutehalten, dass er immerhin für ein paar Sekundenbruchteile versuchte, zerknirscht auszusehen, bevor er zu kichern begann. Trotzdem kostete es mich meine ganze Beherrschung, an mich halten, um nicht genauso überzuschäumen wie mein Kaffee.

»Das wissen Sie doch ganz genau. Und eins sollte Ihnen klar sein: Ich finde das überhaupt nicht lustig. Und ich glaube auch nicht, dass der arme Kerl beim Finanzamt besonders amüsiert ist, wenn er die Papiere bearbeiten muss. Das Zeug ist ja kaum noch lesbar.«

Ich wies mit einem Kopfnicken auf die Formulare vor ihm, die ich vor der Kaffeekatastrophe fein säuberlich ausgefüllt hatte. Dass die Attacke ausgerechnet die Papiere für das Finanzamt erwischt hatte, war natürlich besonderes Pech.

Mein Chef murmelte etwas vor sich hin. Ich konnte seine Worte nicht genau verstehen, aber nach einer Entschuldigung hörte es sich nicht an. Vielmehr nach einem Kommentar, auch Finanzbeamte müssten ja ab und zu etwas zu tun haben.

Ich musste einsehen, dass ich hier nicht weiterkam.

»Mir reicht es jedenfalls für diese Woche«, teilte ich Zinkelmann daher resigniert mit. »Ich mache für heute Feierabend und gehe jetzt nach Hause. Und ob ich am Montag überhaupt noch einmal hier auftauche, überlege ich mir übers Wochenende.«

Während ich die Papiere einfach liegen ließ und hoch erhobenen Hauptes aus dem Zimmer stapfte, hörte ich immer noch das zufriedene Kichern meines Chefs hinter mir.

Es wurmte mich, nicht ernst genommen zu werden. Ich wusste, was ich beruflich drauf hatte, daher hatte ich auch keinerlei Probleme, so mit meinem Chef umzugehen, denn er wusste genauso, was er an mir hatte. Vielleicht war aber auch gerade das ein Teil des Problems.

Der letzte Satz von mir war eindeutig nicht klug gewesen, dachte ich ein wenig reumütig, als ich den Flur zu meinem Büro entlanglief, um meine Sachen zusammenzupacken. Genau solch eine unbedachte Bemerkung hatte mir den ganzen Schlamassel schließlich eingebrockt.

Fast genau eine Woche zuvor hatte ich in einem Nebensatz fallen lassen, dass es mein Job mit Sicherheit auf die Top-Ten-Liste der weltweit langweiligsten Beschäftigungen schaffen würde. Für mich war das keine weltbewegende Feststellung gewesen, schließlich galt der Beruf einer Buchhalterin in einem Werk für Plastik-Kleinteile nicht unbedingt als besonders aufregend, aber mein Chef hatte anscheinend sofort beschlossen, diesem Zustand Abhilfe zu schaffen. Mein besonderes Pech war dabei gewesen, dass er seit Kurzem ein glühender Anhänger des neuen Scherzartikelladens namens *Knallbonbon* war, der in der Heidelberger Fußgängerzone aufgemacht hatte.

Völlig unvorbereitet hatte er mich schon am folgenden Montag getroffen, als er mich freudestrahlend mit ausgestreckter Hand begrüßt hatte. Als brave Angestellte hatte ich ihm natürlich folgsam die Hand schütteln wollen, obwohl ich mich schon sehr darüber gewundert hatte. Bis auf das eine Mal bei meinem Vorstellungsgespräch hatte er mich noch nie auf diese Art begrüßt, und das lag immerhin schon fast drei Jahre zurück.

Ich hatte ja nicht ahnen können, dass es nur darum ging, das winzige Gerät an mir zu testen, das er in seiner Handfläche verborgen gehalten hatte. Bei einem Händedruck gab es kleine Stromstöße ab, nicht stark genug, um jemanden ernsthaft zu verletzen, aber für einen Schrecken reichte es allemal. Ich war zusammengezuckt und dermaßen perplex gewesen, dass ich ihn nur mit großen Kuhaugen angestarrt hatte, während er über seinen gelungenen Streich gar nicht mehr aus dem Grinsen herausgekommen war.

Am Mittwoch – ich wusste immer noch nicht, wie ich Zinkelmanns Verhalten einordnen sollte – hatte er dann den sprichwörtlichen Vogel abgeschossen, und es war nicht nur ein Spatz gewesen, sondern mindestens eine Ente, wenn nicht sogar ein Emu.

Christoph Bergener, der Geschäftsführer einer Firma, die mit uns zusammenarbeitete, kam zu einer ausgedehnten Besprechung. Wie immer hatte mich mein Chef eingeplant, bei dem Treffen dabei zu sein, obwohl ich gar nichts dazu beisteuern konnte und mich jedes Mal tödlich langweilte.

Normalerweise zumindest. Nur diesmal nicht.

Nach zwei Stunden Smalltalk, der nur hin und wieder durch ein paar geschäftliche Fragen unterbrochen worden war, sehnte ich das Ende der Besprechung herbei. Wie immer bot Zinkelmann seinem Besucher zum Abschluss eine dicke Zigarre an, während ich damit kämpfte, nicht vor Langeweile einzuschlafen und vom Stuhl zu fallen.

Ich hasste den Zigarrenqualm und wandte mich gerade angewidert ab, als plötzlich ein ohrenbetäubender Knall ertönte. Erschreckt fuhr ich hoch und schrie auf. Bergener reagierte noch extremer. Mit einem gewagten Hechtsprung brachte er sich hinter einem Aktenschrank in Deckung und kauerte sich schutzsuchend zusammen. Sein Gesicht war leichenblass und er zitterte am ganzen Körper.

Dabei sollte ich vielleicht noch erwähnen, dass er die drei Jahre davor als Sicherheitsberater in verschiedenen Kriegsgebieten unterwegs gewesen war.

Bergeners extreme Reaktion verursachte bei meinem Chef aber keineswegs ein schlechtes Gewissen. Ganz im Gegenteil, er saß zufrieden grinsend wie eine satte Bulldogge in seinem Stuhl und freute sich diebisch über seinen gelungenen Coup.

»Mini-Knallkörper aus dem Scherzartikelladen«, erklärte er überflüssigerweise. »Einer meiner absoluten Favoriten. Man steckt sie einfach in eine Zigarre oder Zigarette. Und wenn man sie dann anzündet.« Mit den Händen stellte er pantomimisch eine Explosion dar. »Die haben ordentlich Wumms, was?«

Ich hatte immer noch das teigig weiße Gesicht des Geschäftsführers vom Mittwoch vor Augen, als ich auf die Straße trat und mich auf den Weg zur S-Bahn machte. Mir graute schon davor, was mir in der nächsten Woche alles bevorstehen würde. So schnell würden meinem Chef die Ideen nicht ausgehen, da war ich ganz sicher. Und der Verkäufer im *Knallbonbon* hielt bestimmt auch noch ein paar nette Anregungen für ihn parat.

»Aber jetzt genieße ich erst einmal das Wochenende«, versuchte ich mich selbst ein bisschen aufzumuntern. Und darauf freute ich mich besonders. Dabei ging es nicht nur darum, zwei arbeitsfreie Tage zu haben. Viel wichtiger war der Freitagabend, dem ich seit ein paar Monaten jede Woche regelrecht entgegenfieberte.

Ich hatte keine Ahnung, wie es begonnen hatte, aber es hatte sich inzwischen eingebürgert, dass an diesem Tag in der S-Bahn Bücher ausgesetzt wurden. Zuerst war mir nur aufgefallen, dass hin und wieder ein Buch auf einem der freien Sitze lag, das anscheinend von einem Fahrgast vergessen worden war. Aber mit der Zeit wurden es immer mehr Bücher, und eine wachsende Zahl von Anhängern machte begeistert mit.

Man brachte ein oder zwei ausgelesene Bücher mit, ließ sie – natürlich unauffällig – in der Bahn liegen und steckte dafür ein anderes ein. Auf diese Weise hatte ich schon die eine oder andere Perle entdeckt, die mir sonst wahrscheinlich entgangen wäre.

Dementsprechend in freudiger Erwartung stieg ich in die S-Bahn. Nicht einmal die schwüle, drückende Hitze, die jetzt, Ende Juli, herrschte, konnte meiner Stimmung etwas anhaben, obwohl sie in der Bahn für stickige Luft und einen nicht gerade angenehmen Geruch nach menschlichen Ausdünstungen sorgte. Voller Vorfreude auf meine neuesten Fundstücke sah ich mich um. Aber ich entdeckte – nichts!

Mir fiel auch sofort eine plausible Erklärung ein. Durch meinen unrühmlichen Abgang aus dem Büro war ich mehr als zwei Stunden früher dran als normal, und um diese Zeit schien die Bücherfangemeinde noch nicht allzu aktiv zu sein.

Enttäuscht lief ich den schmalen Gang in der Mitte des Waggons entlang, suchte mir eine freie Vierergruppe und ließ mich auf einen der Sitze fallen. Doch plötzlich stutzte ich. Aus den Augenwinkeln hatte ich ein Buch entdeckt, das auf der anderen Seite des Waggons zwischen zwei Sitzplätze gerutscht war. Und wenn ich es richtig erkennen konnte, war es ausgerechnet *Das Spiel des Engels*, der zweite Band der Barcelona-Trilogie von Carlos Ruiz Zafón.

Das musste einfach ein Wink des Schicksals sein, dachte ich aufgeregt. Immerhin hatte ich den ersten Band der Trilogie, *Der Schatten des Windes*, gerade erst ausgelesen.

Kurz entschlossen sprang ich von meinem Sitz auf, um mich auf das Objekt meiner Begierde zu stürzen – und hechtete einem schwarzhaarigen Hünen direkt in die Arme. Ich war so auf das Buch fixiert gewesen, dass ich ihn gar nicht gesehen hatte.

Durch den unerwarteten Aufprall verlor ich das Gleichgewicht und ruderte heftig mit den Armen. Zum Glück hielt er mich fest, sonst hätte ich meinen Mitreisenden ein nettes Spektakel geboten, indem ich mitten im Gang einen eleganten Bauchklatscher hingelegt hätte.

Ich blickte auf und sah direkt in ein nicht unattraktives, breit grinsendes Gesicht. Völlig entgeistert starrte ich meinen Retter an, wand mich dann aber an ihm vorbei, um meinen Fang zu sichern, bevor ihn mir jemand anders wegschnappen konnte. Mit Eleganz hatte das diesmal nicht viel zu tun: Ich setzte mich einfach auf das Buch drauf wie die brütende Henne auf ihr Ei.

Der Schwarzhaarige starrte mich in einer Mischung aus Verwirrung und Belustigung an.

»Mir ist gerade noch rechtzeitig eingefallen, dass mir auf der linken Seite der Bahn immer schlecht wird«, erklärte ich ihm todernst.

Er zögerte nur einen winzigen Moment. Dann zog er grinsend eine Augenbraue hoch.

»Kein Problem, das verstehe ich gut«, sagte er mit einer äußerst angenehmen Stimme. »Mir wird immer übel, wenn die Bahn Richtung Norden fährt.«

Er lächelte mich noch einmal kurz an, bevor er seinen Weg fortsetzte und im vorderen Teil der Bahn verschwand.

Noch immer perplex von seiner Schlagfertigkeit lehnte ich mich in meinem Sitz zurück, starrte ihm eine Weile hinterher und konzentrierte mich dann wieder auf das wirklich Wesentliche: das Buch, das ich gerade ergattert hatte.

Vorsichtig zog ich es unter meinem Hintern hervor und warf einen raschen Blick auf den Umschlag. Er hatte ein Eselsohr abbekommen, sah ansonsten aber noch ganz manierlich aus. Noch wichtiger war allerdings, dass ich mich nicht geirrt hatte. Es handelte sich tatsächlich um den zweiten Teil der Barcelona-Trilogie.

Nur mühsam gelang es mir, ein lautes Triumphgeheul zu unterdrücken, während ich meine Beute in meiner Umhängetasche verschwinden ließ. Natürlich hätte ich auch einfach in die Buchhandlung gehen und das Buch für ein paar Euro kaufen können, aber so war der Spaßfaktor einfach ungleich höher.

Voller Vorfreude fuhr ich die paar Stationen bis in die Heidelberger Altstadt, in der meine Wohnung unter dem Dach eines Mehrfamilienhauses lag. Erst kurz vor dem Aussteigen setzte ich die beiden Bücher aus, die ich mitgebracht hatte, einen englischen Krimi und einen etwas seltsamen Roman eines finnischen Schriftstellers, den ich nicht einmal einem bestimmten Genre zuordnen konnte. Aber vielleicht hatte ein anderer ja seine Freude am Lesen des Werks.

Als ich endlich zuhause angekommen war und meine Wohnungstür aufschloss, signalisierte mein Telefon durch hektisches Blinken, dass jemand versucht hatte, mich zu erreichen. Missmutig darüber, dass ich vom Lesen abgehalten wurde, hörte ich die Nachricht auf meiner Mailbox ab.

»Hi, hier ist Nicole«, klang eine leicht verzerrte, aber trotzdem unüberhörbar bestens gelaunte Stimme vom Band. »Ich will heute Abend mit ein paar Leuten ins Kino gehen, und anschließend wollen wir noch ein bisschen die Altstadt unsicher machen. Und da habe ich natürlich sofort an dich gedacht. Wenn du Lust hast mitzukommen, dann melde dich doch kurz bei mir, ja? Bis dann.«

Unwillkürlich zogen sich meine Mundwinkel nach oben. Nicole wohnte im selben Haus wie ich, allerdings im Erdgeschoss. Kennengelernt hatten wir uns bei ihrem Einzug, der etwa ein Dreivierteljahr zurücklag. Damals hatte sie mir mit den Worten »ins Wohnzimmer!« einen riesigen Topf mit einer bemitleidenswert elend aussehenden Zimmerpalme in die Hand gedrückt, als ich von der Arbeit nach Hause gekommen war. Auf meinen verdatterten Gesichtsausdruck hatte sie mit einem herzlichen Lachen reagiert. »Ach, du bist ja gar keiner von meinen Umzugshelfern«, hatte sie gegluckst. »Aber egal, du kannst den Topf trotzdem ins Haus tragen.«

»Okay.« Besitzergreifend hatte ich die Palme, deren Anblick mir beinahe körperliche Schmerzen verursacht hatte, fester gepackt und war mit ihr im Haus verschwunden. Dabei hatte ich noch beiläufig erwähnt, dass ich die Palme zwar ins Wohnzimmer tragen würde, aber nicht in ihres, sondern in meins, und dass sie die Pflanze erst wiederbekommen würde, wenn ich ihr die Pflege eines Lebewesens zutrauen würde.

Da dieser Zeitpunkt bis heute nicht gekommen war, stand die Palme inzwischen kräftig wuchernd unter dem Dachfenster in meiner Küche, in der sie den größten Teil des winzigen Raums einnahm. Immerhin hatte ich Nicole als Ersatz einen kleinen Kaktus mitgebracht, aber selbst bei dem schaffte sie es, dass er unter ihrer Pflege munter vor sich hin schrumpelte. Inzwischen hatte ich ihr verboten, ihn überhaupt noch zu gießen. Das erledigte ich gelegentlich lieber selber, wenn ich bei ihr zu Besuch war.

Trotzdem waren wir seit ihrem Einzug so etwas wie Freundinnen geworden, und ab und zu unternahmen wir etwas zusammen. Dass Nicole beinahe jedes Mal versuchte, mich mit einem ihrer vielen Bekannten zu verkuppeln, ertrug ich mit ebenso stoischer Ruhe wie sie die ständigen Misserfolge ihrer Pläne.

Ich war nun einmal gern Single und hatte nicht vor, in absehbarer Zeit etwas daran zu ändern.

Einen Augenblick lang war ich in Versuchung, Nicoles Angebot anzunehmen. Ein Kinoabend mit ihr und ihren grundsätzlich gut gelaunten Freunden und Bekannten (ich hatte keine Ahnung, wo sie die immer auftrieb!) schien mir nach Zinkelmanns Attacke auf mein Nervenkostüm ganz verlockend zu sein. Allerdings nicht so verlockend wie die Alternative, ein paar gemütliche Stunden auf dem Balkon mit meinem gerade ergatterten Buch zu verbringen.

Also rief ich Nicole zurück, die – wie fast immer – nicht zuhause war, und hinterließ ihr eine kurze Nachricht auf Band, dass ich beim nächsten Mal ganz bestimmt wieder dabei sein würde. Dann zog ich zufrieden mein neues Buch aus der Tasche, holte mir eine große Tasse Milchkaffee aus der Küche und machte es mir gemütlich.

Kapitel 2

Meine Wohlfühloase war nahezu perfekt. Die ganz große Hitze des Tages war vorbei, aber es war immer noch warm genug, um gemütlich draußen sitzen zu können.

Auf meinem Balkon stand auf dem kleinen Tischchen neben dem Liegestuhl meine Kaffeetasse, leise, beruhigende Musik drang aus der geöffneten Balkontür zu mir herüber, und über meinem Kopf hatte ich meinen rot-weiß gestreiften Sonnenschirm aufgespannt. Die Pflanzen, die in den Balkonkästen dem Dschungel Südamerikas nacheiferten, schützen mich zudem vor neugierigen Blicken aus den umliegenden Häusern. Und als Wichtigstes von allem freute ich mich auf mein neues Buch.

Zufrieden ließ ich mich in den Liegestuhl fallen, klappte das Buch auf und begann zu lesen. Ich war gerade dabei, in das erste Kapitel einzutauchen und der erneuten Begegnung mit den lieb gewonnenen Figuren aus dem ersten Band der Trilogie entgegenzufiebern, als ich beim Umblättern plötzlich eine winzige Ecke hellblauen Papiers entdeckte, die zwischen den Buchseiten weiter hinten herausragte.

Zuerst wollte ich es einfach ignorieren und mein Buch weiterlesen, aber meine Neugier ließ mir dann doch keine Ruhe. Also zog ich das Blatt zwischen den Seiten heraus und faltete es auf.

Es war ein fein linierter Bogen Papier, der anscheinend aus einem Notizbuch oder Tagebuch herausgerissen war. Ungefähr die Hälfte der Seite war mit einer unregelmäßigen, etwas verschnörkelten Handschrift bedeckt. Es hätte der lila

Tinte gar nicht bedurft, um mir klarzumachen, dass es sich dabei um die Schrift einer Frau oder eines Mädchens handeln musste.

Ein winziger Anflug eines schlechten Gewissens stellte sich bei mir ein, als ich anfing zu lesen. Die Zeilen waren sicherlich privat und nicht für mich gedacht. Aber da ich wusste, dass ich mich erst wieder auf das Buch würde konzentrieren können, wenn ich den Inhalt des Schreibens erkundet hatte, pustete ich ihn schnell weg.

Außerdem war die Schreiberin ja selbst schuld, wenn sie ihren Zettel einfach in dem Buch liegen ließ, das sie aussetzen wollte, dachte ich trotzig. Also begann ich zu lesen.

... hätte es ja voraussehen können, fing es mitten im Satz an. *Hätte ich ihn bloß nicht mit dieser Schlampe allein gelassen. Beste Freundin, dass ich nicht lache! Das war einmal. Nie wieder will ich mit der etwas zu tun haben!*

Ich habe es wohl nicht besser verdient, ich blöde Kuh. Ich hätte von Anfang an misstrauischer sein müssen. Aber nein, ich musste ihm ja unbedingt vertrauen. Nicht mal in seinem Handy habe ich rumgeschnüffelt, und kam mir dabei immer noch ganz großmütig und souverän vor. Na ja, das hat er mir ja jetzt ordentlich ausgetrieben. Männer sind eben doch alle Schweine, ich hab's ja schon immer gewusst. Aber jetzt reicht es. Genug ist genug! Der Kerl wird noch um mich trauern. ICH MACHE SCHLUSS!

Mein Grinsen in diesem Augenblick musste an die sprichwörtliche Katze erinnern, die verbotenerweise aus dem Sahnetopf genascht hat. Ich sah keinen Grund, mit meiner Schadenfreude hinter den Berg zu halten. Wenn ein Kerl einen betrog, war das ja schon ziemlich mies, es aber ausgerechnet mit der besten Freundin zu tun, war absolut indiskutabel.

Das zumindest war meine Interpretation von dem, was geschehen sein musste.

So ist es richtig, feuerte ich meine unbekannte Geschlechtsgenossin in Gedanken an. An deiner Stelle würde ich es ihm auch in barer Münze heimzahlen. Gib es ihm ordentlich, er hat es nicht besser verdient!

Zufrieden faltete ich das Papier wieder zusammen und legte es neben mir auf den kleinen Tisch. Es wurde Zeit, mich endlich ganz der Geschichte in dem Buch zu widmen.

Doch plötzlich durchzuckte mich ein Gedanke, der mir ganz und gar nicht gefiel. Ich richtete mich in meinem Liegestuhl auf, nahm die Tagebuchseite noch einmal in die Hand und las die beiden letzten Sätze wieder und wieder durch.

Der Kerl wird noch um mich trauern. ICH MACHE SCHLUSS!

Ich schluckte. Das sollte doch wohl hoffentlich bedeuten, dass die Schreiberin die Beziehung zu ihrem untreuen Kerl beenden wollte, oder?

»Na klar heißt es das«, versuchte ich mich selbst zu beruhigen.

Ich trank einen großen Schluck Kaffee und versuchte mich wieder in mein Buch zu vertiefen. Doch nachdem ich eine ganze Seite gelesen hatte, wurde mir klar, dass ich keinen einzigen Satz davon verstanden hatte. Ich war viel zu abgelenkt. Meine Gedanken kreisten unaufhörlich um die Idee, die sich mit Tausenden von winzigen Widerhäkchen in meinem Kopf festgesetzt hatte.

Was war, wenn die Unbekannte etwas ganz anderes meinte? *Schluss machen* und *trauern* konnte man ja auch in einem ganz anderen Zusammenhang verstehen.

Sie wollte sich doch nicht etwa umbringen?

»Isabelle, du spinnst«, murmelte ich mir leise selbst zu. »Du steigerst dich da schon wieder in eine absurde Idee rein. Komm wieder runter.«

Leider war ich nicht besonders gut in Selbsthypnose. Meine Bedenken wegen der beiden letzten Sätze nahmen immer konkretere Gestalt an.

Trauern! Das sagt man doch nicht, wenn man sich nur trennen will, ätzte eine innere Stimme.

Ich sprang auf, ging in meine Wohnung und begann, unruhig im Zimmer herumzulaufen. Das Buch, auf das ich mich seit der Fahrt in der S-Bahn so gefreut hatte, war plötzlich vollkommen uninteressant geworden.

Eigentlich konnte es mir ja ganz egal sein, was mit der Frau passierte, die das geschrieben hatte, sagte ich mir. Ich kannte sie nicht und war ganz bestimmt nicht für sie verantwortlich, nur weil ich zufällig auf diese Seite gestoßen war. Es musste doch noch andere Menschen geben, Freunde oder Verwandte, die sich um sie kümmern müssten.

Aber mein Gewissen war anderer Meinung. Und diesmal flüsterte es nicht, es brüllte mich regelrecht an.

Vielleicht bist du die Einzige, die von diesem Plan weiß. Du musst etwas tun!

Aber was?

So einfach die Frage war, so schwierig war sie zu beantworten.

Nur eines wusste ich genau. Ich musste es irgendwie schaffen, mit der Unbekannten in Kontakt zu treten, uns zwar nicht erst, wenn ich dazu die Hilfe eines übersinnlich veranlagten Mediums benötigte.

Das Problem war nur, dass ich keine Ahnung hatte, wie ich das anstellen sollte. Einen Augenblick lang zog ich in Erwägung, einfach die Polizei anzurufen und den Sachverhalt zu schildern, aber dann schüttelte ich den Kopf und verwarf den Gedanken wieder. Die Beamten würden mich bestenfalls für völlig hysterisch halten. Und selbst wenn sie mir glaubten, würden auch sie die Identität der Schreiberin kaum rechtzeitig feststellen können.

Die nächste Idee, die mir in den Sinn kam, war ein Aufruf über einen lokalen Radiosender. Doch auch das schien mir kaum erfolgversprechend zu sein. Ich wusste, dass es genug durchgeknallte Leute gab, die etwas über sich in den Medien hören, sehen oder lesen wollten, sodass diese geradezu mit absurden Geschichten überschüttet wurden. Und selbst wenn ich einen Redakteur dazu bringen konnte, die Story zu bringen, würde die Schreiberin wohl kaum gemütlich vor dem Radio sitzen, während sie plante, ihrem Leben ein Ende zu setzen.

Außerdem, was hätte ich ihr wohl mitteilen sollen? *Hey, dein Typ ist ein absoluter Idiot und es nicht wert, dass du dich seinetwegen vom Hochhaus stürzt. Also Kopf hoch und weitermachen?* Ja klar, das half bestimmt.

Also blieb wohl nur eine einzige Möglichkeit übrig. Ich musste versuchen, auf demselben Weg Kontakt zu ihr aufzunehmen, auf dem ich an die Tagebuchseite gekommen war. Und das bedeutete, dass ich eine Woche lang gezwungen sein würde, untätig abzuwarten.

Kapitel 3

Am folgenden Freitag bekam ich endlich die Gelegenheit, meinen Plan in die Tat umzusetzen.

Das Wochenende und die darauffolgenden Tage waren für mich eine einzige Qual gewesen. Bei jeder Polizeisirene war ich aufgeschreckt und hatte daran denken müssen, dass sie der unbekannten Schreiberin gelten könnte, die irgendjemand tot in ihrer Wohnung oder wo auch immer entdeckt hatte.

Ich war fasziniert gewesen, wie viele Möglichkeiten mir selbst einfielen, falls ich meinem Leben mal ein Ende setzen wollte. Leider waren mir dabei aber auch sofort die Bilder vor meinem inneren Auge erschienen, in welchem Zustand man mich auffinden würde. Es war nicht gerade appetitanregend.

Irgendwann hatte ich mir geschworen, dass ich meine Fernsehgewohnheiten dringend umstellen musste. Zu viele Krimis und Thriller waren eindeutig nicht gut für mich. Vielleicht sollte ich es lieber mit Liebesfilmen versuchen – obwohl, das war auch nicht wirklich mein Metier. Blieben wohl nur noch Komödien und Dokumentationen übrig.

Am schlimmsten war es immer morgens beim Frühstück gewesen. Da hatte ich jedes Mal einen bangen Blick in den Lokalteil der Zeitung geworfen. Ich war jeden einzelnen Artikel durchgegangen, auch noch den unbedeutendsten Zweizeiler, bis ich erleichtert festgestellt hatte, dass nichts über den Suizid einer Frau darin stand.

Kurz gesagt: Ich war ein absolutes Nervenbündel gewesen und damit wiederum meinen Kollegen gehörig auf die Nerven gegangen.

Zum Glück hatte mein Chef mich die ganze Woche über mit dem Einsatz seiner geliebten Scherzartikel verschont. Ob er von sich aus zur Besinnung gekommen war, oder ob meine Drohung, beim nächsten Einsatz in meiner Anwesenheit sofort zu kündigen und die Firma nie wieder zu betreten, ihn zur Vernunft gebracht hatte, konnte ich allerdings nicht genau sagen.

Aber wie auch immer – zumindest war er außerordentlich zuvorkommend, als ich ihm am Freitag kurz nach Arbeitsbeginn mitteilte, dass ich am Nachmittag leider früher gehen musste.

Da ich wusste, dass seine Angst vorm Zahnarzt in der Firma schon als legendär galt, hatte ich diesmal einen Zahnarzttermin vorgeschoben. Das klappte bei ihm immer, darauf konnte ich mich verlassen, auch wenn ich es natürlich möglichst sparsam einsetzte. Es war etwa vergleichbar mit der Tatsache, dass die meisten Männer nicht nachzufragen wagten und sich lieber mit betretenen Mienen abwandten, wenn man etwas von einer Untersuchung beim Gynäkologen murmelte.

Zinkelmann hatte mich nur mitfühlend durch seine runden Brillengläser angesehen und mir »viel Mut und wenig Schmerzen« gewünscht. Damit war mein früher Abgang genehmigt gewesen.

Kurz darauf saß ich in der S-Bahn und überlegte noch einmal, ob ich an alles gedacht hatte. Ich hatte recht lange daran gesessen, mir die richtige Strategie zurechtzulegen.

Dieses Mal fuhr ich in die entgegengesetzte Richtung, also in die, aus der die Bahn herkam, die ich normalerweise nahm. Außerdem war ich ein ganzes Stück früher dran als letzte Woche, in der ich das Buch mit der Tagebuchseite gefunden hatte.

Wenn meine Überlegungen stimmten und die Unbekannte freitags immer um die gleiche Zeit die Bahn nahm und ungefähr an derselben Stelle des Bahnsteigs einstieg – was ich sehr hoffte – war die Wahrscheinlichkeit, dass sie mein Buch finden würde, gar nicht so gering. Vorausgesetzt natürlich, jemand anders schnappte es ihr nicht direkt vor der Nase weg.

Ich hatte noch am Samstag in meiner Stammbuchhandlung eben zu diesem Zweck *Der Gefangene des Himmels*, den dritten Band der Barcelona-Trilogie von Zafón besorgt. Ich hoffte, dass sie diesen Teil noch nicht kannte und sich mit ähnlicher Einsatzbereitschaft auf ihn stürzen würde wie ich auf den Vorgänger-Band. Wenn dieser Wink mit dem Zaunpfahl nicht fruchtete, würde wohl gar nichts mehr helfen.

Ich zog noch einmal den Brief aus meiner Tasche, den ich in das Buch legen wollte, und las ihn zum mindestens dreitausendsten Mal durch.

Hallo,

mein Name ist Isabelle und ich bin 26 Jahre alt. Wir kennen uns nicht, aber ich habe in dem Buch »Das Spiel des Engels«, das du letzte Woche in der S-Bahn ausgesetzt hast, Deine Tagebuchseite gefunden und – wie ich zugeben muss – auch gelesen. Seitdem mache ich mir wirklich große Sorgen um Dich, weil ich mir nicht ganz sicher bin, wie ich Deine letzten Sätze verstehen soll.

Ich denke, ich kann ganz gut nachvollziehen, wie es dir geht. Ich weiß zwar nicht genau, was Dein Mann (oder Dein Freund) gemacht hat, aber es war bestimmt total schäbig. Und ich wollte Dir eigentlich nur sagen, dass er es auf keinen Fall wert ist, dass Du seinetwegen irgendwelchen Mist machst und Dir etwas antust.

Glaub mir, mein Leben ist momentan auch total langweilig, und manchmal frage ich mich, welchen Sinn es überhaupt hat, jeden Morgen aufzustehen. Aber trotzdem ist es doch lebenswert. Ich hoffe also wirklich, dass Du nicht vorhast, Unsinn zu machen.

Wenn Du jemanden zum Reden brauchst, schreib mir doch bitte einfach eine E-Mail. Ich würde Dir wirklich gern helfen.

Liebe Grüße

Isabelle

Darunter hatte ich meine private E-Mail-Adresse notiert.

Ich biss mir nachdenklich auf die Unterlippe. Wenn jemand anderes das Buch fand und meine Nachricht las, musste er mich für komplett durchgeknallt halten. Und wenn tatsächlich die Schreiberin der Tagebuchseite meinen Brief erhielt, ging es ihr wahrscheinlich nicht anders.

Ich rieb mir mit der Hand über das Gesicht. Plötzlich kam mir mein ganzer Plan durch und durch idiotisch vor. Wahrscheinlich würde der Brief in den nächsten Tagen im Internet kursieren, und sofort würde ich mit Tausenden von E-Mails bombardiert werden, in denen sich die Schreiber über mich lustig machten.

Trotzdem, entschied ich schließlich, war es das Risiko wert. Wenn nur eine geringe Chance bestand, meiner unbekannten Schreiberin zu helfen, musste ich sie ergreifen. Zur

Not musste ich mir eben eine neue E-Mail-Adresse einrichten.

Bevor ich es mir anders überlegen konnte, legte ich den Brief vorne in das Buch, klappte es zu und ließ es auf einen der freien Sitze gleiten, ehe ich an der Endhaltestelle ausstieg. Ich war viel zu nervös, um direkt die Rückfahrt anzutreten und heimlich zu beobachten, wem mein ausgesetztes Buch in die Hände fiel.

Auf dem Bahnsteig atmete ich ein paar Mal tief durch. Immer noch war es ziemlich heiß und ich hatte das Gefühl, mich dringend etwas abkühlen zu müssen. Also machte mich auf direktem Weg in das nächste Eiscafé.

Ich hatte alles getan, was möglich gewesen war. Jetzt kam der schwierigste Teil. Ich konnte nur noch abwarten, ob sich die Unbekannte tatsächlich bei mir melden würde.

In der Zwischenzeit brauchte ich dringend einen riesigen Eisbecher, am besten den für zwei Personen. Natürlich nur, um meine Samba tanzenden Nerven zu beruhigen.

Kapitel 4

Eigentlich hatte ich vorgehabt, meinen Besuch im Eiscafé so lange wie möglich ausdehnen, aber ich war viel zu unruhig. Ich konnte es kaum noch abwarten, in meine Wohnung zu kommen und meine E-Mails abzurufen.

Also löffelte ich den überdimensionalen Eisbecher, der mit unzähligen Herzen dekoriert war (er hieß Coppa Amore und war eigentlich für Verliebte gedacht), in Windeseile aus. Die missbilligenden Blicke der Frau am Tisch gegenüber versuchte ich möglichst an mir abprallen zu lassen. *Eindeutig Frustfressen*, schienen sie zu rufen.

Nachdem ich bezahlt hatte, machte ich mich mit einer immer noch tiefgefrorenen Zunge auf den Weg.

Zuhause konnte ich es kaum erwarten, meinen Computer einzuschalten und meine E-Mails abzurufen. Nebenbei hörte ich meinen Anrufbeantworter ab. Wie meistens lud Nicole mich ein, etwas mit ihr und ihren Freunden zu unternehmen. Und wie meistens rief ich sie kurz an und sagte ab.

Dann studierte ich die seit dem Vorabend eingegangenen Mails.

Es waren ganz schön viele, hauptsächlich Werbung und unzählige Newsletter, die ich schon lange hatte abbestellen wollen, aber nie dazu gekommen war. Okay, ich gebe es zu, ich war einfach zu faul dazu. Aber es hörte sich doch viel besser an, wenn man behauptete, terminlich so eingespannt zu sein, dass man für solch lapidare Dinge einfach keine Zeit erübrigen konnte.

Außer den Werbemails fanden sich zwei Rechnungen in meinem virtuellen Posteingang, die bestimmt nur zu dem Zweck versandt worden waren, mir das Wochenende zu vermiesen.

Von meiner unbekannten Tagebuchschreiberin dagegen fand ich nichts. Enttäuscht verzog ich das Gesicht. Ich hatte so gehofft, dass sie mein Buch finden und sich natürlich direkt bei mir melden würde.

Die nächste Dreiviertelstunde verbrachte ich damit, relativ tatenlos vor dem Monitor zu hocken und immer wieder auf *Senden/Empfangen* zu klicken, in der Hoffnung, dass sich doch noch etwas tat.

Das passierte prompt: Es kamen noch mehr Werbemails und Newsletter. Als dann sogar noch eine weitere Rechnung eintrudelte, hatte ich endgültig genug.

»Blöde Kuh, du benimmst dich schon wie ein liebeskranker Teenager, der vor dem Telefon sitzt und sehnsüchtig auf den Anruf seines Angebeteten wartet«, murmelte ich missmutig.

Ich stand auf und schlenderte betont lässig in die Küche, allerdings nicht ohne vorher noch einmal den inzwischen schon beinahe abgenutzt wirkenden Button anzuklicken. Natürlich wieder erfolglos.

Umso erstaunter war ich, als ich mit einem großen Stück Schokolade ausgestattet wieder an meinen Platz am Computer zurückkehrte. Eigentlich hatte ich nach meinem Eis gar keinen Appetit mehr, schon gar nicht auf etwas Süßes. Es war eher als eine Art Beschäftigungstherapie anzusehen, einen Vorwand, in der Wohnung herumzulaufen. Daher legte ich den Schokoriegel neben mich auf den Schreibtisch. Vielleicht hatte ich ja später Lust, ihn zu essen.

Ich blickte noch einmal auf den Monitor, um mich zu versichern, dass ich mich nicht geirrt hatte. Doch es stimmte: Der Posteingang zeigte den Erhalt einer neuen Mail an. Als Absender war eine *Lily* aufgeführt und der Betreff lautete: *Der Gefangene des Himmels.*

Plötzlich war mir vor Aufregung beinahe schwindlig. Ich wusste selbst nicht, warum ich mich in die Geschichte so hineinsteigerte, aber ich hoffte inständig, dass mein Buch bei der richtigen Person gelandet war.

Mit zitternden Fingern öffnete ich die E-Mail.

Hallo Isabelle, stand dort, *ich war mir am Anfang zwar nicht so ganz sicher, ob du wirklich mich mit deinem Brief ansprechen wolltest, aber ich denke schon. Jedenfalls wäre es doch ein ziemlich großer Zufall, wenn letzten Freitag zwei Zafón-Bücher in der S-Bahn ausgesetzt worden wären.*

Ehrlich gesagt wusste ich zuerst gar nicht, worum es eigentlich ging, bis mir die alte Tagebuchseite wieder eingefallen ist, die ich mal als Lesezeichen benutzt habe. Wahrscheinlich habe ich sie im Buch vergessen, als ich es ausgesetzt habe. Inzwischen ist mir das auch unglaublich peinlich. (Ich schwöre, in Zukunft benutze ich nur noch leere Zettel oder alte, unbeschriebene Postkarten!)

Du musst dir keine Sorgen um mich machen, auch wenn ich zugeben muss, dass sich das im Tagebuch wahrscheinlich anders angehört hat. Wenn ich frustriert bin, schreibe ich einfach alles auf, und danach geht es mir schon wesentlich besser. Eigentlich schmeiße ich das Geschriebene dann sofort weg – oder ich schockiere damit wie in deinem Fall irgendwelche Unbekannten ;-)

Trotzdem fand ich es total rührend von dir, dass du mir sofort helfen wolltest. Und die Idee mit dem Nachfolgeband von Zafón war einfach nur genial. Ich habe mich natürlich gleich draufgestürzt und freue mich schon darauf, ihn in den nächsten Tagen zu lesen. Ich liebe diese Serie einfach und hoffe, dass aus der Trilogie bald eine Tetralogie wird. Also auch dafür vielen Dank!

So, jetzt gehe ich davon aus, dass ich deine Sorgen zerstreuen konnte. Und ich hoffe natürlich auch, dass bei dir nicht mehr Langeweile vorherrscht, wie du geschrieben hast. Wenn doch, könnten wir ja gemeinsam versuchen, das zu ändern.

Ganz, ganz liebe Grüße sendet dir

Lily

P.S.: Dass ich keinen Unsinn machen soll, war zwar eine klasse Warnung von dir, kommt aber leider ein bisschen zu spät. Ich fürchte, das habe ich schon getan.

Erleichtert lehnte ich mich auf meinem Stuhl zurück. Einerseits natürlich, weil ich bei der Tagebuchseite wirklich überreagiert hatte, andererseits, weil meine Nachricht überhaupt bei der richtigen Empfängerin angekommen war. Und dass sie auch noch so liebenswert zurückgeschrieben hatte, freute mich natürlich besonders.

Allerdings gab es da zwei Dinge, wegen derer ich noch einmal bei Lily nachhaken musste.

Ich klickte also auf *Antworten* und begann zu tippen:

Hallo Lily,

danke für deine schnelle Antwort. Mir ist echt nicht nur ein Stein, sondern mindestens ein Findling vom Herzen gefallen, als ich deine Mail gelesen habe. Da bin ich wohl mal wieder kräftig übers Ziel hinausgeschossen.

Aber zwei Dinge möchte ich doch noch gern wissen:

Erstens: Womit würdest du denn meine Langeweile kurieren?

Und zweitens: Welchen Unsinn hast du mit deinem Ex angestellt?

Tut mir leid, wenn ich dich nerve, aber ich bin einfach total neugierig.

Liebe Grüße
Isabelle

Nachdem ich die Nachricht weggeschickt hatte, blieb ich einfach sitzen, gespannt darauf, ob ich nochmals eine Antwort erhalten würde. Und tatsächlich ließ Lily mich nicht lange warten. Schon ein paar Minuten später kam wieder eine Mail von ihr bei mir an.

Hallo Isabelle,

gegen Langeweile fällt mir immer eine ganze Menge ein. Wie wär es zum Beispiel mit einer Art Wette? Ich habe mir ganz spontan Folgendes überlegt: Eine von uns stellt der anderen eine Aufgabe, die sie innerhalb von einer Woche erfüllen muss. Schafft sie es, kann sie die nächste Aufgabe für die folgende Woche stellen. Schafft sie es aber nicht, muss sie die andere zum Essen einladen. Mir würde so etwas großen Spaß machen. Was hältst du davon?

Zu deiner zweiten Frage: Mein Exfreund hat mich damals auf ziemlich üble Weise betrogen, und zwar ausgerechnet mit meiner damaligen besten Freundin. Dementsprechend war ich heftig angepiekst, um nicht zu sagen, ich wäre beinahe geplatzt vor Wut. Also habe ich mir überlegt, wie ich mich am besten an ihm rächen könnte. Und da er nicht nur Hobbykoch, sondern nebenbei gesagt ein total penibler Typ war, habe ich ihm einfach ein paar Kakerlaken in die Küche geschummelt. Der Idiot hat nämlich nicht daran gedacht, dass ich noch seinen Wohnungsschlüssel hatte. Das hat mir zwar ein paar ziemlich böse Anrufe von ihm eingebracht, und ich musste anschließend auch noch die Rechnung für den Kammerjäger bezahlen. Aber ehrlich gesagt habe ich das Ganze in vollen Zügen genossen!

Ich lachte laut auf, als ich mir die Situation bildlich vorstellte. Diese Lily wurde mir mit jedem Wort, das ich von ihr las, sympathischer. Und dass ihr bescheuerter Exfreund es nicht besser verdient hatte, war sowieso klar.

Mühsam unterdrückte ich einen Anflug von Wehmut. Sosehr ich es auch zu ignorieren versuchte, der Gedanke an die Trennung von Paul, meinem letzten Freund, versetzte mir immer noch einen leichten Stich. Elf Monate und vier Tage war das jetzt her.

Ich verzog vor Verlegenheit das Gesicht, als mir klar wurde, dass ich nicht mal nachrechnen musste, um das zu wissen. Entweder war ich völlig gestört, weil er mich abserviert hatte, oder es war eine Art Berufskrankheit bei Buchhalterinnen. Aber eigentlich war das ja auch egal. Es zeigte mir nur, dass ich anscheinend eine ziemlich verkorkste Persönlichkeit hatte. Da das keine welterschütternde Neuigkeit für mich war, schob ich den Gedanken einfach beiseite.

Jetzt musste ich erst einmal über Lilys Mail nachdenken. Ich war mir nicht ganz sicher, ob ich ihren Vorschlag mit der Wette annehmen sollte.

Normalerweise wurde ich mit fremden Leuten nicht so schnell warm, und nach der Kakerlakengeschichte mit ihrem Exfreund hatte ich keine Ahnung, was auf mich zukommen würde. In Gedanken sah ich mich schon in einem Tümpel voller Krokodile schwimmen oder vor einem wilden Stier wegrennen, dem ich zuvor eine Pudelmütze auf die Hörner gesetzt hatte. Das war nicht unbedingt die Art von angenehmer Freizeitgestaltung, die mir vorschwebte.

Andererseits war es vielleicht ja auch ganz lustig, mit jemandem zu wetten, den man eigentlich gar nicht kannte. Außerdem konnte ich jederzeit aufgeben, wenn es mir zu bunt wurde. Mehr als ein Essen riskierte ich nicht, und da reichte zur Not auch eine gemeinsame Currywurst an der nächsten Imbissbude. Also sprach eigentlich nichts dagegen, sich die erste Aufgabe zumindest einmal anzuhören.

Okay, ich bin dabei, schrieb ich deswegen als Antwort. *Aber nur unter einer Bedingung: Eine von uns stellt die Aufgabe, aber damit es nicht zu fies wird, müssen jeweils beide sie erfüllen, und zwar immer innerhalb einer Woche. Wenn das für dich in Ordnung ist, können wir meinetwegen sofort starten. Natürlich darfst du dir die erste Herausforderung ausdenken, es war ja auch deine Idee.*

Und übrigens: Ich finde, dein Ex hat die Kakerlaken absolut verdient. Ich an deiner Stelle hätte vielleicht sogar über Ratten nachgedacht.

Bevor ich es mir anders überlegen und einen Rückzieher machen konnte, klickte ich auf *Senden*.

Erst danach überkamen mich wieder Zweifel. Worauf zum Teufel ließ ich mich da ein? Ich war doch sonst nicht für so verrückte Sachen zu haben. Warum hatte ich jetzt plötzlich alle meine Prinzipien über Bord geworfen und machte so einen Unsinn mit?

Noch ehe ich mich weitergehenden Vorstellungen darüber hingeben konnte, was alles passieren konnte, wenn man über das Internet Kontakt zu Fremden aufnahm, zeigte mein Bildschirm Lilys Antwort an.

Klasse, das wird bestimmt superlustig.

Also, als Erstes habe ich mir etwas ganz Einfaches ausgedacht. Die Herausforderung der Woche lautet: Veranstalte ein ungewöhnliches Picknick!

Ich melde mich dann nächste Woche um dieselbe Zeit, dann können wir unsere Erlebnisse austauschen.

Bis dahin liebe Grüße und viel Spaß!

P.S.: Über die Ratten habe ich auch nachgedacht, aber die Viecher taten mir viel zu leid, als dass ich ausgerechnet diesen Kerl auf sie gehetzt hätte.

Ich atmete erleichtert auf. Die Aufgabe war absolut lösbar. Irgendetwas Verrücktes würde mir da ganz bestimmt einfallen.

Nur in diesem Moment war mein Kopf leider wie leer gefegt und noch hinterhergewischt. Deshalb wandte ich mich erst einmal meinem Bücherregal zu. Da ich am Nachmittag ausschließlich damit beschäftigt gewesen war, das Tauschbuch für Lily in der S-Bahn zu deponieren, war ich gar nicht dazu gekommen, mir selbst ein ausgesetztes Buch mitzunehmen. Daher blieb mir wohl oder übel nichts anderes übrig, als eines meiner alten Lieblingsbücher noch einmal zu lesen.

Vielleicht, dachte ich mir, als ich die Titel zum wiederholten Mal durchging, aber nichts fand, auf das ich im Moment Lust hatte, vielleicht hätte ich doch Nicoles Angebot annehmen und mit ihr und ihren Freunden in den Biergarten gehen sollen. Aber dazu war es jetzt zu spät.

Kapitel 5

Die Bewältigung meiner ersten Herausforderung hatte ich für den Sonntagmorgen geplant.

Den gesamten Freitagabend und auch am Samstag hatte ich mir darüber Gedanken gemacht, was für ein besonderes Picknick ich veranstalten wollte. Leider hielt sich meine Kreativität in Bezug auf solche Ideen in sehr überschaubaren Grenzen. Böse Zungen hätten vielleicht behauptet, ich wäre schlicht einfallslos. Also hatte ich beschlossen, dass nicht unbedingt der Ort, sondern vielmehr die Zeit das Ungewöhnliche an meinem Picknick sein sollte. Es sollte nämlich zum Sonnenaufgang stattfinden.

Zuerst hatte ich kurz überlegt, ob ich Nicole einladen sollte, mich zu begleiten. Aber abgesehen davon, dass ihre Morgenmuffeligkeit rekordverdächtig war und dass ich sie bestimmt nicht so früh aus dem Bett – geschweige denn in den Wald – bekommen hätte, zog ich es ohnehin vor, allein zu sein.

Kurz vor Beginn der Morgendämmerung machte ich mich auf den Weg. Es war mir noch nie besonders schwergefallen, morgens sehr früh aus dem Bett zu kommen, doch an diesem Tag war es noch viel leichter als sonst. Ich war ganz kribbelig vor Aufregung.

Ich fuhr mit dem Auto ein Stück aus Heidelberg hinaus und hielt nach etwa einer Viertelstunde Fahrt auf einem Parkplatz am Waldrand an, der um diese Zeit noch vollkommen leer war. Ich kannte eine schöne Lichtung in einem kleinen Wäldchen am Hang, von der aus man einen wunderbaren Blick über das Neckartal hatte.

Leider konnte man mit dem Auto nicht bis ganz dorthin fahren, daher musste ich mein gesamtes Zeug mehrere Hundert Meter über einen kleinen Trampelpfad schleppen. Erst als ich versuchte, alle Sachen gleichzeitig zu tragen, wurde mir bewusst, dass ich ganz schön viel eingepackt hatte.

Neben der dicken Decke, die ich mir unter den Arm geklemmt hatte, musste ich auch noch meine Tasche mit den fein säuberlich in Plastikdosen verpackten Brötchen, Eiern, Käse- und Obststückchen und dem gestern extra noch gebackenen Apfelkuchen sowie der schweren Thermoskanne mit Kaffee schultern. Und ganz nebenbei balancierte ich noch meine stabile Taschenlampe in der Hand, um mir nicht schon auf dem Weg zur Lichtung die Knöchel zu verstauchen.

Viel schlimmer als das Gefühl, als Packesel durch die Gegend zu laufen, war allerdings das Gefühl der Unsicherheit. Bisher war ich immer nur nachmittags und bei strahlendem Sonnenschein in dieser Gegend unterwegs gewesen. Dann war man eigentlich nie ganz allein, sondern begegnete grundsätzlich einigen Spaziergängern, Joggern oder auch Hundebesitzern, die ihre Vierbeiner ausführten. Davon konnte jetzt keine Rede sein. Im fahlen Licht der Morgendämmerung kam mir der Wald um einiges weniger einladend vor, oder genauer gesagt: ziemlich beängstigend.

Immer wieder tastete ich nach meinem Pfefferspray, das ganz oben in meiner Tasche steckte, und war froh, dass ich mich entschieden hatte, es einzupacken. Wer wusste schon, wer sich außer mir noch so früh morgens auf ungewöhnlichen Pfaden herumtrieb?

Vielleicht gab es ja einen neuen Problembären, von dem ich bisher einfach nur noch nichts erfahren hatte. Und hatte ich nicht neulich erst etwas über ein Wolfsrudel gelesen, das aus Polen oder Tschechien nach Deutschland eingewandert war? Wo genau hatten die sich jetzt angesiedelt?

Es war erstaunlich, dass man nicht nur auf die seltsamsten Gedanken kam, sondern auch wie viele Geräusche man im Halbdunkel wahrnahm, die man tagsüber wahrscheinlich schlicht überhören würde. Überall um mich herum raschelte, knisterte und knackte es.

Bei jedem mir nahe erscheinenden Geräusch fuhr ich herum und suchte die Stelle, von der es gekommen war, im Schein der Taschenlampe mit den Augen ab. Doch ich entdeckte nichts.

Als ich meinen Picknickplatz endlich erreicht hatte, ließ ich meine Tasche auf den Boden fallen, breitete meine Decke im weichen Gras aus und richtete mein Frühstück an. Als ich es so aufgereiht vor mir sah, musste ich zugeben, dass es zwar einen äußerst appetitlichen Eindruck machte, ich aber mal wieder maßlos übertrieben hatte.

Wahrscheinlich hätte es auch ausgereicht, um unsere gesamte Bürobelegschaft satt zu bekommen. Und das wollte etwas heißen. Vor allem Zinkelmann galt als gefräßig wie die sprichwörtliche siebenköpfige Raupe samt Nachwuchs. Vermutlich war darauf seine kugelähnliche Körperform zurückzuführen, auch wenn er immer behauptete, sein Übergewicht rühre nur von den Genen und den Schwermetallen im Essen her.

Die Gedanken an meinen Chef entlockten mir trotz meiner immer noch nicht überwundenen Unsicherheit ein Schmunzeln. Etwas beruhigt lehnte ich mich zurück, goss mir heißen Kaffee in meine Tasse, suchte mir eins der belegten Brötchen aus und begann zu essen.

Der Sonnenaufgang über der Stadt entschädigte mich für alle Strapazen, die ich vorher auf mich genommen hatte. Während zuerst die gegenüberliegenden Berge und dann nach und nach das Tal in orangefarbenes Licht getaucht wurden, vergaß ich komplett meine Anspannung und genoss einfach die Ruhe und den Anblick.

Ich lächelte und schickte einen lautlosen Dank an Lily. Ohne sie wäre ich niemals auf diese Idee gekommen. Und ich musste zugeben, dass ich dann wirklich etwas verpasst hätte.

Ich war gespannt, wie sie ihrerseits die Herausforderung meistern würde. Mit Sicherheit würde ihr Picknick kreativer sein als meins, gestand ich mir ein, aber das machte mir nichts aus.

Nur für den Bruchteil einer Sekunde überkam mich eine leichte Wehmut. Mir ging durch den Kopf, ob es nicht viel schöner wäre, dieses Erlebnis mit einem Menschen zu teilen, der einem etwas bedeutete. Dann aber schüttelte ich entschieden den Kopf und drängte den Gedanken beiseite. Mit Paul war es endgültig aus, und das war auch gut so. Allein ging es mir doch viel besser. Ich war unabhängig und konnte tun und lassen, was ich wollte.

Ein plötzliches Geräusch hinter mir riss mich aus meiner Grübelei. Ich schrak auf, fuhr herum – und blickte direkt in ein weit aufgerissenes Maul mit riesigen Fangzähnen.

Ich brauchte ein paar Sekunden, um zu begreifen, dass es sich weder um einen Säbelzahntiger noch um ein Mitglied des von mir so gefürchteten osteuropäischen Wolfsrudels handelte, sondern um einen ganz normalen Hund. Natürlich nur unter der Voraussetzung, dass man einen überdimensionalen Boxer, der in etwa die Breite eines Ohrensessels hatte, als normalen Hund bezeichnen konnte. Er kam mir zumindest unglaublich groß vor, doch vielleicht lag das einfach nur an der ungewohnten Perspektive, da ich ja immer noch auf der Decke saß. Ich bin zwar nicht gerade besonders groß, aber normalerweise muss ich nicht zu einem Hund aufschauen.

Zum Glück schien mein Gast nicht aggressiv zu sein, wie ich zuerst angenommen hatte. Er sah mich jedenfalls sehr freundlich an, und als er sich über die üppigen Reste meines Frühstücks hermachte, schien er geradezu zu lachen.

»Hey, was soll denn das? Hör sofort auf damit!«, schimpfte ich lautstark, während ich vergeblich versuchte, wenigstens den übrig gebliebenen Käse vor dem gierigen Hundemaul in Sicherheit zu bringen.

»Keine Angst«, ertönte zu meinem Erstaunen eine tiefe, äußerst ruhig klingende Stimme aus dem Wald hinter mir. »Der tut nichts, der will nur spielen.«

Ich hatte keine Angst.

Außer um mein Frühstück, das ich eigentlich in Ruhe hatte beenden wollen. Hilflos musste ich mit ansehen, wie ein riesiges Stück meines so verführerisch duftenden Kuchens im Inneren des Hundes verschwand – und das ganz ohne Schluckbewegung.

»Aber er frisst gerade meinen Apfelkuchen!«, schrie ich schrill zurück.

Mit einem Mal hörte es sich so an, als würde eine ganze Rotte Wildschweine durchs Unterholz brechen. Ein lautes Knirschen, Knacken und Rascheln drang zu mir herüber.

Tatsächlich war es aber nur ein glatzköpfiger Mann, der auf der Lichtung erschien. Er war in etwa zwei Meter hoch und genauso breit – und sah ungefähr so vertrauenswürdig aus wie ein Politiker mit Unschuldsmiene. Er trug einen blaugrün gemusterten Trainingsanzug und Laufschuhe, machte allerdings den sportlichen Eindruck durch die Zigarette im Mundwinkel gleich wieder zunichte – und durch die riesige Wampe, die er vor sich herschob.

»Sind Sie verrückt?«, blaffte er mich an. »Wie können Sie das Tier mit Apfelkuchen füttern?«

»Aber ich ...«, stammelte ich völlig verblüfft. Ich hatte ja mit vielem gerechnet. Dass er sich entschuldigen würde, dass er einen dummen Spruch ablassen würde oder dass er kräftig auf seinen Hund schimpfen würde. Aber auf diese Reaktion war ich nun wirklich nicht vorbereitet gewesen.

Er ließ mir allerdings auch keine Zeit, Einwände zu erheben, denn er polterte gleich weiter: »Nachher kotzt mir der verdammte Köter noch das Auto voll. Und das ist ganz allein Ihre Schuld! Hasso, hierher jetzt!«

Dem Hund schien das Ansinnen seines Herrchens am breiten Allerwertesten vorbeizugehen. Er machte keine Anstalten, auch nur ansatzweise zu gehorchen.

»Aber ich ...«, begann ich wieder, doch auch diesmal ließ der Mann mich gar nicht zu Wort kommen.

»Ich lasse das Auto sauber machen und schicke Ihnen die Rechnung. Da können Sie einen drauf lassen«, bellte er.

Dann packte er seinen Hund, der inzwischen meinen kompletten Kuchen verspeist hatte und sich zufrieden die Lefzen leckte, grob am Halsband und zerrte ihn von mir weg. Unter wüsten Beschimpfungen verließ er mit seinem Tier die Lichtung.

Das war ja wohl die absolute Höhe! So einen unverschämten Kerl hatte ich selten erlebt. Ich merkte, wie Trotz in mir aufstieg.

»Hasso, ich habe noch einen Tipp für dich«, rief ich den beiden hinterher, nachdem sie endlich außer Sichtweite waren. »Der Platz zwischen den Vordersitzen, genau über der Handbremse, ist wunderbar zum Hinkotzen geeignet.«

Den unfeinen Fluch, den ich daraufhin als Antwort bekam, möchte ich hier anstandshalber nicht im Wortlaut wiedergeben.

Ich hatte mal irgendwo gehört, dass sich im Lauf der Jahre Hund und Herrchen immer ähnlicher wurden. Wenn das stimmte, hoffte ich doch sehr, dass der grobe Kerl mit der Zeit die Charakterzüge seines Hundes annahm und nicht umgekehrt.

Auf dem Rückweg hielt ich vorsichtshalber mein Pfefferspray direkt in der Hand. So, wie ich den Hundebesitzer kennengelernt hatte, war ich mir nicht sicher, ob er mir nicht hinter irgendeinem Baum auflauerte und sein gesamtes Kampfgewicht gegen mich einsetzte. Rache war schließlich Blutwurst – oder in meinem Fall wohl Apfelkuchen.

Erst als ich sicher in meinem Auto saß, merkte ich, dass sich Trotz und Wut langsam lösten. Die Absurdität der Situation wurde mir bewusst und ich begann zu kichern. Irgendwann konnte ich mich nicht mehr zurückhalten und prustete laut los.

Sämtliche Autofahrer, die mir auf dem Weg in die Altstadt entgegenkamen, sahen mich verwundert an, weil ich mich vor Lachen kaum noch auf das Fahren konzentrieren konnte.

Es war nicht zu leugnen: Dank Lily hatte ich ein Erlebnis, das ich nie wieder vergessen würde.

Kapitel 6

Auch im Lauf der folgenden Woche fing ich immer wieder an zu kichern, wenn ich an die Begegnung mit Hassos Herrchen dachte.

Dementsprechend gut gelaunt setzte ich mich am Freitag nach Feierabend an meinen Computer.

Wie in jeder Woche hatte ich zwar auch diesmal wieder ein interessantes Buch in der S-Bahn ergattert, aber ich war gar nicht so erpicht wie sonst darauf, mit dem Lesen anzufangen. Vielmehr wollte ich endlich meine Geschichte loswerden. Außerdem war ich natürlich gespannt, wie es Lily bei ihrem außergewöhnlichen Picknick ergangen war.

Ihre Nachricht fiel mir sofort ins Auge, als ich mein E-Mail-Programm öffnete. Sie war ökonomisch kurz gehalten und bestand nur aus einem Satz:

Und, wie war's?

Meine Antwort wurde ein bisschen umfangreicher. Ausführlich schilderte ich Lily von meinem Picknick bei Sonnenaufgang auf der Waldlichtung. Als ich von meinem Aufeinandertreffen mit Hasso und seinem Besitzer berichtete, fing ich unwillkürlich wieder an zu grinsen.

Das war klasse von dir, schrieb Lily als Reaktion auf meinen Rat an Hasso zurück. *Ich hoffe, der Hund hat ihm nicht nur auf die Handbremse gekotzt, sondern nach der üppigen Mahlzeit auch noch tagelang herumgefurzt. Das riecht nämlich echt fies. Verdient hätte der Kerl das allemal. So ein Ekel!*

Ich hatte übrigens eine ganz ähnliche Idee wie du. Ich habe nämlich auch ein Frühstück geplant, und zwar direkt in einer ganz engen Stelle in der Fußgängerzone – natürlich pünktlich zu Beginn der Ladenöffnungszeit. Dann hätte nämlich jeder über mich drübersteigen müssen. Ich habe mir das ganz witzig vorgestellt. Bei solchen Aktionen kommt man immer ganz leicht mit den Leuten ins Gespräch, auch wenn natürlich grundsätzlich ein paar Meckerfritzen dabei sind.

Doch leider habe ich mir ausgerechnet den Mittwoch für mein Vorhaben ausgesucht, weil ich an diesem Tag vormittags keine Vorlesungen habe. Und da hat es ja in Strömen geregnet. Aber da ich ja nun schon alles vorbereitet hatte, habe ich das Picknick kurzerhand verlegt.

Ich finde Frühstück im Bett total super, bloß nicht in meinem eigenen, weil ich immer so herumkrümle. Also bin ich mit meinem Rucksack in das nächste Möbelhaus – das war in diesem Fall IKEA – und habe es mir dort in der Bettenabteilung gemütlich gemacht.

Du glaubst gar nicht, wie die Leute geguckt haben, als ich meine Butterbrote und meine Thermoskanne ausgepackt habe. Die meisten haben natürlich fassungslos den Kopf geschüttelt, aber ein paar wollten sich gleich selbst zum Mitessen einladen. Leider war kein wirklich süßer Typ dabei, den ich gern zu mir ins Bett geholt hätte, also habe ich bei allen dankend abgelehnt.

Blöd war nur, dass sich der Abteilungsleiter doch als ziemliche Spaßbremse gezeigt hat. Er hatte überhaupt kein Verständnis für meine Aktion, nicht mal, als ich ihm erklärt habe, dass ich unbedingt zu Ende picknicken muss, um meine Wette zu gewinnen. Ich habe ihn sogar auf ein Butterbrot eingeladen, aber er wollte nicht. Stattdessen hat er mich einfach vor die Tür gesetzt. Aber trotzdem hat es sauviel Spaß gemacht.

Du siehst also, wir haben beide unsere Aufgabe erfüllt. Das heißt, dass du die nächste stellen darfst. Ich bin schon ganz gespannt, also überlege dir was Aufregendes.

Ich kicherte immer noch, als ich auf den *Antworten*-Button klickte. Obwohl ich Lily ja nicht persönlich kannte, konnte ich mir den Aufruhr gut vorstellen, den sie in dem Möbelhaus ausgelöst hatte. Ein wenig bewunderte ich sie insgeheim. Mir hätten sowohl Mut als auch Dreistigkeit für so ein Unterfangen gefehlt.

Als ich begann, die ersten Buchstaben der Aufgabe zu tippen, die ich stellen wollte, merkte ich, dass ich auf einmal ganz nervös wurde. Ich hatte in den letzten Tagen immer wieder überlegt, was für eine Herausforderung machbar, aber auch nicht zu einfach zu lösen wäre. Schließlich war ich auf etwas gekommen, das man sehr flexibel bewerkstelligen konnte:

Versetzte jemanden so in Erstaunen, dass er sprachlos ist.

Schnell schickte ich die Nachricht ab und wartete gespannt auf Lilys Reaktion. Die folgte innerhalb weniger Sekunden.

Das hört sich doch mal interessant an. Ich melde mich nächsten Freitag wieder bei dir, schrieb sie.

Damit war unsere virtuelle Unterhaltung für diese Woche erledigt. Ich holte mir ein Stück Schokolade aus der Küche, zog das Buch aus der Tasche, das ich an diesem Nachmittag in der S-Bahn ergattert hatte, und begann zu lesen.

Aber obwohl die Geschichte durchaus spannend begann, fiel es mir doch schwer, mich ganz darauf zu konzentrieren. Immer wieder schweiften meine Gedanken ab und wanderten zu dem Plan, den ich zur Erfüllung meiner selbst gestellten Aufgabe ausgeheckt hatte. Ich freute mich schon diebisch darauf, ihn in die Tat umzusetzen.

Kapitel 7

Bevor ich am nächsten Tag, einem Samstag, mit den Vorbereitungen für meinen Plan beginnen konnte, hatte ich einiges zu erledigen, das ich nicht länger aufschieben konnte.

Neben dem wöchentlichen Wohnungsputz und dem Großeinkauf mussten ein paar Klamotten in die Reinigung gebracht und mein Handy dafür von der Reparatur abgeholt werden. Außerdem brauchte ich dringend eine Geburtstagskarte für meine Tante, die deren hohe künstlerische Ansprüche erfüllen würde. Allein dafür musste ich vier Geschäfte abklappern.

So kam es, dass ich erst gegen Abend dazu kam, mich meiner neuen Wochenaufgabe zu widmen.

Ich hatte etwas Mühe, den kleinen Laden zu finden, den mein Chef Dr. Zinkelmann in letzter Zeit so gern aufsuchte. Er lag eingequetscht zwischen einer Boutique und einem Souvenirshop in einer Seitenstraße der Fußgängerzone. Nur ein neongrünes Schild mit dem Aufdruck *Knallbonbon* über der schmalen Ladentür mit dem kreisrunden Glaseinsatz machte deutlich, dass hier überhaupt etwas verkauft wurde. Und wenn ich Lina, Zinkelmanns Sekretärin, Glauben schenken durfte, waren das eben die Scherzartikel, mit denen mein Chef mich bis vor zwei Wochen beinahe in den Wahnsinn getrieben hatte.

Mein Plan war so einfach wie genial. Ich hatte vor, meine selbst gestellte Herausforderung mit der Rache an meinem Chef zu verbinden und ihn dabei mit seinen eigenen Waffen zu schlagen, in diesem Fall also mit seinen heiß geliebten

Scherzartikeln. Und dabei würde ich bestimmt nicht zimperlich sein. Wer austeilen konnte, musste schließlich auch einstecken können.

Selbstverständlich brauchte ich dabei ein bisschen Hilfe, aber ich war mir sicher, dass mir der Verkäufer im *Knallbonbon* etwas vorschlagen konnte, mit dem ich meinen Chef in die minutenlange Sprachlosigkeit trieb.

Sprachlos war allerdings erst einmal ich, als ich das handgemalte Pappschild sah, das von innen mit Tesafilm an den Glaseinsatz der Ladentür geklebt war: *Wegen einer Familienangelegenheit bleibt das Knallbonbon für drei Wochen geschlossen*, stand dort in einer krakeligen, kaum zu entziffernden Sauklaue, die einem Mediziner alle Ehre gemacht hätte. Und darunter grinste mich ein zwinkernder Smiley nicht nur an – nein, er schien mich geradezu auszulachen.

Vollends desillusioniert wurde ich aber, als ich die Daten der Schließung las, die unten auf das Plakat gepinselt waren. Der Laden war seit zwei Wochen zu und würde erst am übernächsten Montag wieder öffnen.

Für mich bedeutete das zweierlei: Zum einen konnte ich meinen schönen Racheplan vergessen, zumindest in Verbindung mit der Erfüllung meiner eigens dafür gestellten Wochenaufgabe. Wenn überhaupt, konnte ich meine Rachegelüste meinem Chef gegenüber erst zu einem späteren Zeitpunkt ausleben.

Zum anderen hatte ich meine Autorität gegenüber meinem Chef maßlos überschätzt. Offensichtlich hatte Zinkelmann nicht mit seinen Scherzen aufgehört, weil ich ihm mit Kündigung gedroht hatte, sondern weil schlicht seine Quelle für Scherzartikel versiegt war – und das leider nur vorübergehend.

Ich war mir nicht sicher, welche der beiden Erkenntnisse mich mehr frustrierte, aber meine Laune war hundsmiserabel, oder besser gesagt hundeherrchenmiserabel, wenn ich an Hassos Besitzer dachte.

Der Gedanke reichte aus, um meine Miene ein ganz klein wenig aufzuhellen. Doch um mich wirklich besser zu fühlen, brauchte ich noch etwas mehr, nämlich etwas zu essen. Nach dem ganzen Gerenne fühlte sich mein Magen an, als würde er von einer riesigen Vakuumpumpe zusammengezogen, ein äußerst unangenehmes Gefühl.

Einen Moment lang überlegte ich. Nur ein paar Häuser weiter befand sich das *Grottenolm*, ein kleines Bistro mit schönem Innenhof und exzellenter Küche – trotz des merkwürdigen Namens.

Früher, als ich noch mit Paul zusammen gewesen war, waren wir fast jeden Sonntagvormittag zum Brunch dort gewesen, aber seit der Trennung war ich kein einziges Mal mehr hingegangen. Irgendwie war das Bistro für mich ohne Paul tabu gewesen.

Aber vielleicht ist es endlich an der Zeit, ein bisschen von dem alten Ballast über Bord zu werfen, der sich in den letzten Monaten angesammelt hat. Dann schwimmt es sich leichter, dachte ich. Etwas erstaunt stellte ich fest, dass ich an diesem Tag zum ersten Mal nicht spontan sagen konnte, wie lange ich jetzt schon wieder Single war, zumindest nicht auf den Tag genau.

Zufrieden verzog ich mein Gesicht zu einem breiten Grinsen und machte mich auf den Weg ins *Grottenolm*.

Noch zufriedener war ich allerdings, als ich feststellte, dass dort immer noch so gut gekocht wurde wie früher.

Während ich meine Pasta mit Scampi verdrückte, überlegte ich fieberhaft, auf welche Weise ich meine Wochenaufgabe erfüllen konnte, aber mir fiel einfach nichts ein. Immer wieder kam ich auf den Gedanken, das Ganze mit einer kleinen Racheaktion an Zinkelmann zu verbinden. Aber wie?

Irgendwann kam ich zu dem Schluss, dass ich wohl einfach nicht kreativ genug war. Ich würde mit meiner Rache warten müssen, bis das *Knallbonbon* wieder geöffnet hatte.

Als ich meine Rechnung bezahlte, hatte ich plötzlich eine andere Idee. Ich musste einfach nur spontan sein. Zum Beispiel konnte ich so viel Trinkgeld geben, dass der Kellnerin die Kinnlade bis zu den Knien kippte. Dann aber schüttelte ich den Kopf. Solche Eskapaden konnte ich mir leider nicht leisten.

Erst als die Bedienung mich bestürzt ansah und »Ihnen hat es nicht geschmeckt?« stammelte, wurde mir klar, dass sie mich gerade gefragt hatte, ob alles zu meiner Zufriedenheit gewesen wäre.

»Doch, doch«, versicherte ich schnell. »Ich habe im Moment nur an etwas anderes gedacht. Das Essen war wirklich ganz ausgezeichnet.«

Ihre unsichere Miene verriet mir, dass ich sie nicht restlos überzeugt hatte. Ich musste wirklich dringend an meiner Autorität arbeiten, gestand ich mir ein.

Als kleine Wiedergutmachung fiel das Trinkgeld dann doch um einiges höher aus, als ich eigentlich vorgehabt hatte.

Doch auch beim Gehen ließ mich der Gedanke an eine spontane Aktion nicht los. Es wäre zwar nicht unbedingt fair gewesen, aber ich konnte zum Beispiel dem Typen, der sich schon seit mehr als zwanzig Minuten an meinem Nachbartisch vor einer aufgetakelten Blondine nervtötend als Casanova aufspielte, einfach eine schallende Ohrfeige geben. Oder ...

Einer plötzlichen Eingebung folgend stand ich auf und lief auf einen kleinen Tisch am Rand des Innenhofs zu, an dem seit einer Weile ein einzelner Mann saß, einen Kaffee trank und völlig in ein Buch vertieft war. Er war vielleicht mittelgroß, schlank und ungefähr in meinem Alter, maximal drei oder vier Jahre älter als ich. Seine braunen Haare waren kurzgeschnitten, wirkten aber etwas widerspenstig. Und was das Wichtigste war: Er sah insgesamt zwar nicht schlecht aus, war aber auch nicht übermäßig attraktiv, eher guter Durchschnitt. Und damit war er genau der Richtige für meinen Plan.

Er blickte erst auf, als ich direkt vor ihm stand. Für einen winzigen Moment geriet meine Entschlusskraft ins Wanken, als ich in zwei faszinierende blaue Augen sah.

Aber ich blieb standhaft. *Augen zu und durch!*, befahl ich mir selbst, beugte mich vor und küsste ihn direkt auf den Mund.

Dann setzten auch meine restlichen dreizehn noch arbeitenden Gehirnzellen aus. Reglos wartete ich auf seine Reaktion. War er sprachlos?

Nicht ganz. Seine Reaktionsfähigkeit war schneller als die einer Froschzunge beim Fliegenfang. Sein Gesicht verzog sich zu einem Lächeln. Und zu was für einem! Ich merkte, wie meine Knie auf einmal ganz zittrig wurden.

»Hi, ich bin Sebastian«, sagte er ganz lässig. »Freut mich auch, dich kennenzulernen.«

Ich starrte ihn entgeistert an. Erst nach gefühlten zehn Minuten war ich überhaupt zu einer Antwort in der Lage.

»Äh, ich bin – also, ich bin Isabelle«, stammelte ich, wobei ich mit jeder Zelle meines Gesichts die Schamesröte spürte, die darin aufstieg.

Dann setzte der Fluchtinstinkt ein. Schnell packte ich meine Tasche, presste sie wie einen Schutzschild vor mich und rannte aus dem Innenhof. Dabei rammte ich beinahe noch die Kellnerin, der es nur mit einem gewagten Schlenker gelang, ihr mit Gläsern vollgestelltes Tablett vor mir in Sicherheit zu bringen. Dank meines großzügigen Trinkgelds übte sie aber Nachsicht und schüttelte nur resigniert den Kopf, anstatt mir eine üble Verwünschung hinterherzuschicken.

Erst als ich schon fast bei meiner Wohnung angekommen war, schaffte ich es, mich langsam wieder zu beruhigen.

»Na, der Plan ist ja wohl völlig in die Hose gegangen«, seufzte ich leise.

Dann musste ich aber selbst kichern. Ich hatte es zwar nicht geschafft, diesen Sebastian in Sprachlosigkeit zu versetzen, aber durch meine Aktion war es mir immerhin gelungen, mich selbst für eine ganze Weile sprachlos zu machen. Wenn man es genau betrachtete, hatte ich die Aufgabe also eigentlich erfüllt. Oder nicht?

Ich war mir darüber noch nicht ganz im Klaren, aber eines wusste ich sicher: das *Grottenolm* würde ich nach diesem peinlichen Auftritt nie wieder betreten!

Kapitel 8

Den Rest der Woche überlegte ich immer wieder, ob meine Aufgabe nun als erfüllt galt oder nicht.

Sollte ich sie nicht erfüllt haben, hätte ich ja noch einen neuen Anlauf starten müssen, aber irgendwie bekam ich den Kopf dafür nicht frei. In allen möglichen – und unmöglichen – Situationen verfolgte mich die Erinnerung an meinen misslungenen Auftritt im *Grottenolm*.

Verdammt, warum musste der Kerl auch so ein charmantes Lächeln haben? Und dazu noch diese unverschämt blauen Augen, mal ganz abgesehen von seiner schlagfertigen und äußerst sympathischen Reaktion auf meinen Angriff.

Hätte er einfach ganz arrogant reagiert oder wäre so unverschämt wie Hassos Herrchen im Wald aufgetreten, wäre es für mich viel einfacher gewesen, die Aktion in die Rubrik *lebenslang peinliche, aber schließlich doch überlebte Fettnäpfchen* einzusortieren und unbefangen meiner Arbeit nachzugehen.

Schließlich entschied ich mich dafür, meine Herausforderung als gemeistert zu betrachten. Für einen zweiten Versuch hatte ich einfach nicht den Nerv.

Glücklicherweise sah Lily das genauso, als ich ihr von meinem peinlichen Auftritt berichtet hatte.

Ich denke, das können wir gelten lassen, schrieb sie. *Bei mir ist es diese Woche auch ein bisschen nach hinten losgegangen.*

Als ich deine Aufgabe gelesen habe, dachte ich zuerst, dass das ja eigentlich ganz einfach sein müsste. Also habe ich mir weiter gar keine Gedanken gemacht, sondern beschlossen, spontan eine günstige Gelegenheit auszunutzen. Normalerweise bin ich auch nicht unbedingt auf den Mund gefallen. Bloß diese Woche war es irgendwie ganz seltsam. Alle Leute kamen mir so verkrampft vor, keine Ahnung, ob das am Wetter lag oder an sonst irgendwas. Also hat sich schlicht keine Gelegenheit geboten, jemandem einen so dummen Spruch reinzuwürgen, dass es ihm die Sprache verschlägt.

Erst heute Vormittag, bei meinem Geschichtsseminar (ich studiere Mathe und Geschichte, ich weiß nicht, ob ich das schon erwähnt hatte), kam es dann zu einer ganz blöden Situation. Eine meiner Kommilitoninnen kommt aus China und hat einen ziemlich üblen Akzent. Jedenfalls ist sie sehr schwer zu verstehen. Und als sie heute an der Reihe war, ihre Seminararbeit zu präsentieren, war sie dazu noch total aufgeregt. Das Ergebnis bestand dann darin, dass keiner mitbekommen hat, über welches Thema sie geredet hat, geschweige denn, was sie dazu zu sagen hatte.

Und plötzlich fing der Beiermann – das ist der Seminarleiter – an, sie vor allen anderen runterzuputzen. Sie hätte doch an der Uni überhaupt nichts zu suchen, und wenn sie unsere Sprache nicht beherrscht, sollte sie lieber zurück nach China gehen, bevor sie hier jemandem den Studienplatz wegnimmt. Ich war so sauer auf den Kerl, wusste aber gar nicht, ob ich ihn jetzt lieber anbrüllen oder ihm meine Tasche an den Kopf schmeißen sollte.

Na ja, und dann bin ich wie ferngesteuert einfach aufgestanden und habe angefangen zu singen. Kennst du das »Lied des Volkes« aus Les Misérables? Ich liebe das Musical, und irgendwie passte das haargenau. Es geht darum, sich endlich aufzulehnen und sich nicht länger von einem Despoten unterdrücken zu lassen.

Du kannst dir sicher vorstellen, dass nicht nur Beiermann sprachlos war, sondern auch alle anderen im Raum. Ehrlich gesagt kann ich nicht einmal genau sagen, ob sie geschockt waren darüber, dass ich gesungen habe, oder wie ich gesungen habe. Meine Singstimme hört sich nämlich in etwa so melodisch an wie die einer Krähe im Stimmbruch.

Nachdem ich die ersten zwei Zeilen hinter mir hatte, dachte ich wirklich, ich müsste im Boden versinken, so wie mich alle angestarrt haben. Aber plötzlich haben drei der anderen mitgesungen, und der Rest – der wahrscheinlich den Text nicht kannte – hat zumindest den Rhythmus mitgeklatscht. Es war einfach unglaublich!

Leider habe ich in der Hektik nicht daran gedacht, Beiermanns Reaktion zu filmen. Das wäre auf Youtube der Renner geworden. Er hat sich erst weißlich, dann ganz lila verfärbt, und ich hätte schwören können, dass vor lauter Zorn kleine Dampfwölkchen aus seinen Ohren aufgestiegen sind. Dann hat er wortlos seine Tasche geschnappt und ist zur Tür rausgestampft wie ein kleines Kind.

Ich denke also, ich habe meine Wochenaufgabe erfüllt, auch wenn ich dafür den Schein für das Seminar eingebüßt habe. Ist zwar ziemlich ärgerlich, weil ich mich wirklich angestrengt hatte dieses Semester, aber leider nicht zu ändern. Mach ich's halt nächstes Semester noch mal. Irgendwie war es das schon wert. Den blöden Gesichtsausdruck von Beiermann werde ich jedenfalls nie wieder vergessen.

Wow! Ich lehnte mich auf meinem Stuhl zurück und ließ mir Lilys Schilderung noch einmal durch den Kopf gehen.

Gut gemacht, schrieb ich dann zurück. *Das nenne ich wirklich Zivilcourage. Ich weiß nicht, ob ich so mutig gewesen wäre.*

Nein, eigentlich weiß ich es doch: Ich wäre es niemals gewesen. Deshalb gibt es von mir einen Extra-Applaus.

Und als Belohnung darfst du uns jetzt die nächste Herausforderung aussuchen.

Ich trank einen großen Schluck Milchkaffee, während ich auf ihre Antwort wartete. Dass ich das besser hätte nicht tun sollen, zeigte sich ein paar Sekunden später, als ich las, was sie geschrieben hatte.

Nicht, bevor du mir nicht eine Frage beantwortet hast: Triffst du ihn wieder?

Vor Schreck verschluckte ich mich und musste husten. Um nicht den Kaffee dabei auf meine Tastatur zu spucken, presste ich schnell die Hand vor den Mund. Das Ergebnis war fatal. Die dunkle Flüssigkeit spritzte zwischen meinen Fingern hervor und überzog meinen Monitor, den Schreibtisch und auch noch meine Bluse mit dekorativen Sprenkeln.

In diesem Moment war ich äußerst froh, dass ich mit Lily nur per E-Mail und nicht über einen Video-Chat kommunizierte.

Wen?, fragte ich zurück, nachdem ich mit dem Ärmel den Monitor einigermaßen saubergewischt hatte. Die Bluse musste ohnehin in die Wäsche, und um den Rest konnte ich mich später kümmern. Ich stellte mich ahnungslos, obwohl ich natürlich genau wusste, wen sie meinte. Ich musste ein bisschen Zeit gewinnen.

Den Typen mit dem charmanten Lächeln, diesen Sebastian. Er scheint dir ja ziemlich gut gefallen zu haben.

Ich verdrehte die Augen. Hätte ich Lily bloß nichts davon geschrieben, dass ich noch ständig an dieses Lächeln denken musste.

Er hat mich einfach mit seiner Schlagfertigkeit beeindruckt, das ist alles, wehrte ich ab. *Außerdem weiß ich ja nur seinen Vornamen. Selbst wenn ich wollte, wäre es wahrscheinlich ziemlich schwierig, ihn zu finden.*

Lilys folgender Vorschlag war naheliegend.

Du könntest einfach noch mal ins Grottenolm gehen. Vielleicht ist er ja öfter dort.

Ich schüttelte vehement den Kopf, während ich tippte.

Bist du verrückt? Nach der Blamage letzte Woche setze ich garantiert nie wieder einen Fuß in den Laden!

Selbstverständlich würde ich ihr niemals verraten, dass ich schon das eine oder andere Mal selbst daran gedacht hatte. Gerade abends, wenn ich allein in meinem Bett lag und mir meine Wohnung plötzlich still und leer vorkam, hatte dieser Gedanke durchaus etwas Verlockendes gehabt. Aber natürlich war das völliger Quatsch. Davon war ich genauso überzeugt wie von der Tatsache, dass ich doch eher der einzelgängerische Typ war.

Okay, schon gut. Das ist allein deine Entscheidung, schrieb Lily beschwichtigend zurück. *Dann kommt hier also die nächste Herausforderung. Und weil die Abende jetzt Anfang August ja ziemlich heiß sind, habe ich mir etwas überlegt, das echt »hot« ist: Ziehe dein aufregendstes Kleid an und gehe darin für mindestens eine Stunde allein in eine Bar.*

Dazu noch eine genauere Erklärung: Da ich ja nicht weiß, wie du aussiehst und welche Art Klamotten du trägst, kann es natürlich auch eine Hose sein. Wichtig ist nur, dass dein Outfit besonders sexy ist. Außerdem ist Bedingung, dass du allein in die Bar hineingehst und dich dort auch mit niemandem verabredest, den du kennst. Mit wem du nach der Stunde (oder später) dann wieder rauskommst, ist natürlich ganz allein deine Angelegenheit ;-)

Ich wünsche dir viel Spaß!

Nachdem ich ihre Zeilen gelesen hatte, musste ich erst ein paar Mal tief durchatmen. Das war jetzt wirklich eine Herausforderung. Wenn ich nicht gerade meine langweilige Buchhalter-Kluft fürs Büro trug, bevorzugte ich eher sportliche Sachen. Mit sexy Kleidern war da wenig zu machen.

Das einzige Kleid, das ich besaß, hatte ich zum achtzigsten Geburtstag meiner Oma getragen. Es war ein grässliches Teil, in dem ich mindestens zehn Jahre älter gewirkt haben musste als das Geburtstagskind. Ich hatte es schon lange in die Altkleidersammlung geben wollen, schreckte aber immer wieder davor zurück. Selbst die Weitergabe an Bedürftige grenzte bei so einem Teil an eine Menschenrechtsverletzung.

Obwohl, so ganz stimmte es auch wieder nicht, dass ich nur ein Kleid besaß. Mit einem Schaudern dachte ich an das knappe schwarze Kleid, dass ich kurz nach der Trennung von

Paul erstanden hatte. Es war ein eindeutiger Frustkauf gewesen, gepaart mit einer geballten Ladung Trotz.

Von vorn sah das Kleid eigentlich ganz züchtig aus. Es hatte lange Ärmel und war schmal geschnitten, wenn auch etwas zu kurz für meinen Geschmack. Von hinten beeindruckte es allerdings mit einem beinahe schon obszönen Rückenausschnitt, der jedem Betrachter auf Anhieb klar machte, dass darunter keinesfalls Platz für einen BH war.

Natürlich hing das kleine Schwarze seit dem Kauf in meinem Schrank, ungetragen und mit immer noch daran baumelndem Etikett, das mir bei jedem Öffnen der Schranktür höhnisch unter die Nase rieb, dass für den Preis auch locker ein Wellness-Wochenende drin gewesen wäre.

Ich hasste es, von Fremden angesprochen zu werden. Schon allein deshalb zog ich mich nie zu aufreizend an. Und was dabei herauskam, wenn ich allein in eine Bar oder ein Restaurant ging, hatte man am letzten Freitag ausgiebig bewundern können.

Und jetzt sollte ich mich in diesem beinahe unanständig sexy Fummel mindestens eine Stunde allein in eine Bar stellen? Allein bei dem Gedanken daran wurde mir ganz schummrig.

Andererseits hatte ich ja immer noch die Möglichkeit, aus der Wette auszusteigen und Lily im Gegenzug zum Essen einzuladen. Und je länger ich darüber nachdachte, desto vernünftiger erschien mir diese Alternative.

Irgendwann beschloss ich, die Entscheidung darüber auf den nächsten Tag zu verschieben.

Ich holte meine Tasche und zog das neue Freitagsbuch aus der S-Bahn hervor, einen historischen Roman, bei dem es um die Familie Medici ging. Es war nicht mein bevorzugtes Genre, hörte sich aber trotzdem ganz interessant an.

Ein paar Sekunden lang starrte ich auf das Cover, doch dann schüttelte ich den Kopf und legte das Buch zur Seite. Heute brauchte ich vielleicht doch ein bisschen Gesellschaft.

Schnell griff ich zum Telefon und wählte eine der gespeicherten Nummern aus.

»Nicole?«, fragte ich kurz darauf, nachdem sich meine Nachbarin aus dem Erdgeschoss ausnahmsweise tatsächlich persönlich gemeldet hatte. »Hi, hier ist Isabelle. Du hattest mir vorhin eine Nachricht auf die Box gesprochen, dass du mit ein paar Leuten in den Biergarten gehen willst. Ich habe mir überlegt, dass ich gern mitkommen würde.«

Kapitel 9

In den folgenden Tagen war ich hin und her gerissen, ob ich die Wochenaufgabe erfüllen oder lieber in den sauren Apfel beißen und Lily zum Essen einladen sollte. Wobei – so ganz sicher konnte ich gar nicht sagen, welcher von den beiden Äpfeln der saurere sein würde.

Am Donnerstagmorgen entschied ich mich dann endlich, die Wette zu beenden. Bisher hatten mir die Aufgaben ganz gut gefallen, und ich musste zugeben, dass ich mich trotz aller Widrigkeiten köstlich dabei amüsiert hatte – nicht nur über meine eigenen Eskapaden, sondern auch über Lilys Berichte ihrer Untaten. Aber jetzt wurde es irgendwie zu persönlich. Ich konnte es selbst nicht richtig erklären, aber so weit wollte ich mich nicht bringen lassen.

Ich war einfach nicht der Typ, der in sexy Klamotten in irgendeiner Bar herumhing. Punkt. Keine Diskussion.

Gleich am Abend würde ich Lily eine Mail schreiben, in der ich ihr meinen Standpunkt erklären wollte. Dann konnten wir uns auch für das Verliereressen verabreden. Insgeheim freute ich mich sogar ein bisschen darauf, nicht mehr nur schriftlich mit ihr zu kommunizieren, sondern sie endlich persönlich kennenzulernen. Ich war gespannt, was für ein Typ sie war.

Zu diesem Zeitpunkt konnte ich ja noch nicht damit rechnen, dass ich meine Meinung doch noch gründlich revidieren würde. Und es war ausgerechnet Karin, unsere tratschsüchtige Büroaushilfe, die mich zum Umdenken brachte.

Ich war gerade in unserem Kopier- und Lagerraum und versuchte, nach einem Blatt Papier zu angeln, das mir ungeschickterweise hinter den Kopierer gerutscht war. Natürlich war es ein wichtiges Formular, und genauso natürlich war es losgesegelt, *bevor* ich es kopiert hatte.

Da ich in der Nische zwischen der Wand und dem klobigen Gerät hockte, sah Karin mich nicht, als sie den Kopierraum betrat. Ich jedoch erkannte sie sofort an ihrer schrillen Stimme. Sie war offenbar nicht allein, denn sie redete unablässig auf jemanden ein, den ich allerdings nicht sehen konnte. Und da sie ihm auch keine Gelegenheit zum Antworten gab, konnte ich ihn nicht einmal an der Stimme erkennen.

Gerade wollte ich mich aus der Nische wieder herauswühlen, als ich plötzlich meinen Namen hörte.

»Du meinst die Weiland aus der Buchhaltung?« Karin lachte wie ein hohler Blecheimer. »Ich kann mir nicht vorstellen, dass *irgendein* Kerl auf die steht. Die wäre doch sogar unter lauter grauen Mäusen noch unsichtbar, so wie die herumläuft. Dabei könnte die echt was aus sich machen. Schlecht sieht sie ja nicht aus. Aber mit der öden Frisur, ganz ohne Make-up und dazu noch mit diesen biederen Oma-Klamotten schlägt sie garantiert jeden Typen in die Flucht. Ich wette, die würde keiner von der Bettkante stoßen, und zwar einfach, weil er sie nicht einmal bemerken würde.«

Wieder erklang ihr gackerndes Lachen.

Ich schlug mit meinem Aussehen also die Männer in die Flucht, dachte ich düster. Na, auf dem Gebiet war sie doch die absolute Expertin. Ich kannte zumindest niemanden, der auf zentimeterdicke Make-up-Schichten in grellen Farben, meterhoch auftoupierte Haare und Zwölf-Zentimeter-Stiletto-

Absätze stand, die durch einhundertsechzig Kilo Lebendgewicht bedenklich zum Erzittern gebracht wurden.

Trotzdem hatte mich die Wut gepackt. Ich musste mich beherrschen, nicht sofort hinter dem Kopierer vorzuspringen, mich auf Karin zu stürzen und sie gefesselt und geknebelt in dem Materialschrank einzusperren, in dem sie gerade geräuschvoll herumhantierte. Verdient hätte sie es auf jeden Fall.

Aber Karin war die Letzte, deretwegen sich Ärger im Büro gelohnt hätte. Also biss ich wutschnaubend die Zähne zusammen, verzichtete auf meine Fesselaktion und wartete still ab, bis sie wieder gegangen war.

Erst als Karins Stimme nicht mehr zu hören war – die ihrer Begleitung hatte ich kein einziges Mal vernommen – kroch ich langsam aus meiner Nische vor. Mein Zorn begann, sich langsam in Trotz zu verwandeln, doch als ich mir den Staub von den Klamotten klopfte und dabei an mir herunterblickte, stutzte ich plötzlich.

Na ja, wenn ich es so richtig bedachte, hatte Karin vielleicht gar nicht *sooo* unrecht. Ich trug eine graue Hose und eine weiße Bluse, sozusagen meine Standard-Büro-Uniform. Meine mittellangen, hausmausbraunen Haare hatte ich wie jeden Tag einfach zu einem Zopf zusammengebunden. Und Make-up hatte ich zwar zuhause liegen, benutzte es aber so gut wie nie.

Ich mochte es nicht besonders, durch mein Aussehen aufzufallen oder sogar im Mittelpunkt zu stehen, aber hieß das gleich, dass ich mich für andere absolut unsichtbar machen musste? In gewisser Weise fiel ich dann ja auch auf – durch Unscheinbarkeit.

Zum mindestens hundertsten Mal kehrten meine Gedanken zu meinem Überfallopfer Sebastian zurück. Gut, er war im Bistro völlig in sein Weinbuch vertieft gewesen, aber wenn er nicht gerade gelesen hätte, hätte er mich dann überhaupt bemerkt, wenn ich nicht gerade wie eine ausgehungerte alte Jungfer mit Torschlusspanik über ihn hergefallen wäre?

Wahrscheinlich nicht, gestand ich mir ein, auch wenn mir das nicht wirklich gefiel.

Ich seufzte. Vielleicht wurde es Zeit, dass ich ein kleines bisschen an meinem Äußeren änderte. Ich musste mich ja nicht gleich komplett durchstylen, aber ein wenig aufhübschen konnte doch eigentlich nicht schaden.

Langsam reifte in mir ein Entschluss. Ich wollte endlich anfangen, etwas aus mir zu machen. Es würde mich ein wenig Überwindung kosten, aber es war die Anstrengung bestimmt wert.

Zur Generalprobe würde ich mich noch an diesem Abend in meinen sexy Fummel schmeißen und in einer Bar meine neue Wirkung auf Männer testen.

Und damit würde ich gleich ganz nebenbei Lilys Wochenaufgabe erfüllen.

Kapitel 10

Als ich am Abend in meine Wohnung zurückkam, war mein Trotz schon wieder verflogen, und damit auch die Sicherheit, Lilys Aufgabe erfüllen zu können. Am liebsten hätte ich noch eine Nacht darüber geschlafen, doch da schon Donnerstag war, hatte ich keine Möglichkeit mehr dazu.

Ratlos stand ich in dem Kleid vor dem Spiegel und betrachtete mich. Mit meiner Figur war ich eigentlich ganz zufrieden, auch wenn an der einen oder anderen Stelle die Rundung etwas kleiner hätte sein dürfen. Trotzdem kam ich mir merkwürdig vor. War das wirklich ich?

Ich machte ein paar unsichere Schritte. Nach der Arbeit hatte ich mir extra noch neue Schuhe mit für meine Verhältnisse lebensgefährlich hohen Absätzen zugelegt. Zum schwarzen Minikleid konnte ich ja schlecht Ballerinas oder Turnschuhe tragen.

»Jetzt hast du den Schwachsinn angefangen, jetzt ziehst du das auch durch«, befahl ich mir selbst. Ich zwang mich, an Karins Lästerattacke vom Vormittag zu denken. Der würde ich es schon zeigen!

Als ich mich dann auch noch mit genügend Eyeliner, Lippenstift und Wimperntusche angepinselt hatte (im vierten Versuch war ich endlich einigermaßen zufrieden mit meiner Malkunst), war ich zumindest physisch auf einen aufregenden Abend vorbereitet. Das bedeutete allerdings noch lange nicht, dass ich auch psychisch dazu bereit war.

Ich warf noch einmal einen kritischen Blick in den Spiegel. Was ich sah, war gar nicht so schlecht – für andere. Mich selbst aber so zu sehen, war einfach zu ungewohnt.

»Du brauchst dringend einen Mutmacher«, raunte ich meinem Spiegelbild verschwörerisch zu. Und ich wusste auch schon, worauf ich zurückgreifen konnte. Ich hatte von meinem Geburtstag vor drei Monaten noch eine Flasche Prosecco im Kühlschrank, die dort ein einsames Dasein zwischen Milch, Joghurt und Gemüse fristete. Mit ein oder zwei Gläschen davon würde mir der nächste Schritt bestimmt um einiges leichter fallen.

Es wurden allerdings fünf Gläser daraus – randvoll, versteht sich – ehe ich mich endlich traute, meine sichere Wohnung zu verlassen.

Auf der Straße erwies sich die Kombination aus dem ziemlich schnell getrunkenen Alkohol und den ungewohnt hohen Absätzen als fatal. Mehr als einmal knickte ich um, und hätte ich nicht so dehnbare Bänder gehabt, hätte ich den Abend wahrscheinlich nicht in einer schicken Cocktailbar verbracht, sondern in der Notaufnahme des nächsten Krankenhauses.

Daher war ich tatsächlich erleichtert, als ich nach fast einer halben Stunde Fußweg endlich mein Ziel erreichte: die Cocktailbar *Blue Moon*, die erst vor Kurzem eröffnet hatte. Sie galt als besonders hip und stylish – und war damit einer der Läden, die ich normalerweise nie betreten hätte.

Bevor ich hineinging, warf ich einen Blick auf meine Uhr. Es war genau zwanzig Minuten nach neun. Das hieß also, dass ich die Bar keinesfalls vor zwanzig nach zehn verlassen durfte.

Ich holte noch ein paar Mal tief Luft, wie wir das in meinem Yoga-Kurs häufiger machten, und wagte dann den Sprung ins kalte Wasser. Dabei ist kalt noch milde ausgedrückt. Ich hatte eher das Gefühl, vom Dreimeterbrett direkt auf eine Eisfläche zu springen.

Im *Blue Moon* starrten mich alle an wie einen Elefanten im Baströckchen. Oder kam mir das nur so vor?

Ich sah noch einige andere Frauen in kurzen Kleidern, eine hatte sogar einen Ausschnitt bis zum Bauchnabel. Aber bei ihnen wirkte das irgendwie normal, während ich mich total verkleidet fühlte.

Dazu machte mir mein Prosecco-Pegel zu schaffen. Unsicher wie auf Stelzen bahnte ich mir meinen Weg bis an die lange Theke, an der glücklicherweise gerade ein Barhocker frei geworden war.

Schnell sicherte ich mir den Platz. Inzwischen wusste ich auch, was gemeint war, wenn Nicole ihre Schuhe in Geh- Steh- und Sitzschuhe unterteilte. Meine Neuanschaffung zählte eindeutig zur letzten Kategorie. Meine Füße fühlten sich an, als hätte ich gerade den gesamten Jakobsweg hinter mich gebracht – und das ohne Pause.

Ich warf einen verstohlenen Blick auf die Uhr. Okay, eine Minute hatte ich schon überstanden. Blieben also nur noch neunundfünfzig.

Die nächsten fünf verbrachte ich damit, eingehend die Cocktailkarte zu studieren, die auf der Theke lag. Es waren ein paar ganz leckere Sachen dabei.

»Ich hätte gern *Sex on the beach*«, bestellte ich beim Barkeeper, nachdem mir dieser auffordernd zugenickt hatte.

Sein Grinsen wurde so breit, dass er einen Schokoriegel der Länge nach hätte durchbeißen können – mit einem Happs.

»Ich auch. Am liebsten in der Karibik. Ach, du meinst den Cocktail«, fügte er dann schnell noch hinzu und hob anzüglich eine Augenbraue.

Mir gelang es beinahe, nicht die Augen zu verdrehen. »Wow, was für ein toller Spruch. Kriegt ihr den hier standardmäßig beigebracht oder hast du dir den selbst ausgedacht?«

Er lachte, und diesmal war seine Miene offen und fröhlich. »Ist einfach nur die Wahrheit, aber ich wollte natürlich nicht unverschämt sein. Ich mache dir den Drink gleich fertig.«

Genau acht Minuten nach Betreten der Bar, wie ein schneller Blick auf meine Uhr mir sagte, nippte ich zum ersten Mal an meinem Cocktail. Ich musste zugeben, dass der Barkeeper sein Handwerk wirklich verstand. Der *Sex on the beach* schmeckte ausgezeichnet.

Da mir der tiefe Rückenausschnitt meines Kleides nur allzu bewusst war, drehte ich mich lieber auf meinem Barhocker um und wandte den anderen Gästen meine Vorderseite zu. Wenn ich jetzt noch einigermaßen geschickt die Beine übereinanderschlug und darauf achtete, dass mein Rocksaum auf erträglicher Höhe saß, konnte ich die restlichen zweiundfünfzig Minuten bestimmt fast unbeschadet überstehen.

Mit dem Glas in der Hand und dem Strohhalm im Mund ließ ich meinen Blick schweifen. Für einen Donnerstag war es ganz schön voll. Fast alle Tische und sämtliche Plätze an der Theke waren besetzt, und auch die vereinzelt im Raum verteilten Stehtische wurden gut genutzt. Die meisten Leute unterhielten sich trotz der lauten Musik angeregt, auch wenn sie dabei mehr schreien mussten als zu reden. Einige wippten einfach nur im Takt mit, andere sahen sich wie ich mehr oder weniger interessiert um.

Immer wieder traf mein Blick auf Männer, die mich mit unverhohlener Neugier anstarrten. Unruhig rutschte ich auf meinem Stuhl hin und her.

Das war ja klar, so wie ich angezogen bin, dachte ich im Stillen. Wahrscheinlich hätte ich mir genauso gut *ich bin sexuell frustriert und brauche es ganz dringend* auf die Stirn schreiben können. Jedenfalls sagten das die Blicke.

Ich gab mir Mühe, eine desinteressierte Miene aufzusetzen und niemandem zu lange in die Augen zu schauen.

Ein spezielles Exemplar der Gattung Mann schien das aber überhaupt nicht zu bemerken. Aus den Augenwinkeln sah ich, wie er zielstrebig auf mich zumarschierte, die Daumen betont lässig in die Taschen seiner Jeans eingehakt. Das wäre ja nicht so schlimm gewesen, hätte er nicht schon von Weitem einen extrem arroganten und überheblichen Eindruck gemacht. Er war jedenfalls genau der Typ Mann, von dem ich mich auf keinen Fall anbaggern lassen wollte.

Demonstrativ setzte ich einen gelangweilten Gesichtsausdruck auf und wandte mich ab – bis mir siedend heiß einfiel, dass ich dem Typen damit direkt meinen nackten Rücken präsentierte. Wie von der Tarantel gestochen fuhr ich wieder herum.

Sollte er noch eine Aufforderung gebraucht haben, mich anzusprechen, hatte ich sie ihm soeben geliefert.

»Geht es dir eigentlich wieder gut?«, erkundigte er sich zu meinem Erstaunen.

Ich sah ihn verwirrt an. »Äh, ja, schon. Warum?«

»Na ja, ich dachte mir, dass es doch verdammt wehgetan haben muss, als du vom Himmel gefallen bist.«

Das konnte doch nicht wahr sein, da brachte dieser Typ tatsächlich eine dermaßen alte Kamelle und glaubte auch noch, damit Erfolg zu haben? Ich schüttelte fassungslos den Kopf.

»Nee, so schlimm war das nicht, aber es hat einen ganz schönen Krater hinterlassen. Und der Kerl, den ich dabei erschlagen habe, liegt immer noch drin«, gab ich in besonders schnippischem Tonfall zurück. Doch nicht mal den schien er zu bemerken. Stattdessen lachte er schallend und drängte sich zwischen mich und meinen Sitznachbarn an die Theke.

»Du gefällst mir, du bist echt witzig«, brüllte er mir ins Ohr. Dabei gab ihm die laute Musik den Vorwand, mir wesentlich näher zu kommen, als mir das lieb war.

»Muss am Alkohol liegen.« Ich wandte mich wieder ab. Irgendwann musste der Kerl doch mal mitkriegen, dass er hier unerwünscht war.

Doch Fehlanzeige. Er rückte mir nur weiter auf die Pelle.

»Bist du öfter im *Blue Moon*? Ich habe dich hier noch nie gesehen. Und du wärst mir garantiert aufgefallen.«

Ich beschloss, ihm einen letzten Wink mit dem Zaunpfahl zu geben, damit er sich in Würde zurückziehen konnte. Wenn das nichts half, musste ich wohl vom Winken dazu übergehen, ihm den Zaunpfahl direkt über den Schädel zu ziehen.

»Weißt du, das Publikum hier ist eigentlich nicht so nach meinem Geschmack. Die Leute sind einfach viel zu aufdringlich.«

Er sah mich erstaunt an.

»Findest du? Ist mir noch gar nicht aufgefallen.«

Das durfte echt nicht wahr sein. Noch direkter ging es doch schon fast nicht mehr, aber der Typ schien es wirklich nicht zu kapieren.

»Damit meinte ich dich, okay?«, sagte ich ihm geradewegs ins Gesicht. Ich hatte damit gerechnet, dass er sofort beleidigt abziehen würde, aber er lachte wieder.

»Es gibt Gelegenheiten, die darf man sich einfach nicht entgehen lassen«, gab er lässig zurück. »Und du bist so eine Gelegenheit.«

Diesmal bemühte ich mich nicht, mich zurückzuhalten, als ich die Augen verdrehte. »Und wenn die Gelegenheit das gar nicht will?«

»Dann muss sie eben davon überzeugt werden«, erwiderte der Typ in einer Selbstverständlichkeit, die keinerlei Zweifel daran ließ, dass er sich für unwiderstehlich hielt.

Vielleicht ging es besser, wenn ich ihm klarmachen konnte, dass ich bereits vergeben war und er deswegen keine Chance bei mir hatte.

»Weißt du, eigentlich warte ich nur auf meinen Verlobten. Er muss jeden Moment hier sein«, behauptete ich dreist. Wenn er das nicht kapierte, wusste ich auch nicht mehr weiter. Die Antwort darauf machte mich allerdings für einen Moment sprachlos.

»Dein Verlobter muss ein Vollidiot sein, dass er eine Frau wie dich so lange warten lässt. Da ist er doch selbst schuld, wenn ein anderer dich ihm wegschnappt.«

Mit offenem Mund rang ich nach Luft. Eigentlich hätte ich jetzt aufstehen und sofort gehen müssen, aber nachdem es mich soviel Überwindung gekostet hatte, die Wochenaufgabe anzugehen, würde ich jetzt bestimmt nicht aufgeben.

»Hör zu, ich will aber nicht weggeschnappt werden, klar?«, sagte ich mit Nachdruck.

Mein Tonfall war deutlich pampiger geworden. Hilfesuchend blickte ich zum Barkeeper, doch der war gerade mit einer Großbestellung einer Gruppe beschäftigt und bemerkte mich und meinen anhänglichen Verehrer gar nicht. Auch von den anderen Gästen in der Bar schien keiner zu uns hinüberzusehen – mit einer Ausnahme.

Als ich in genau das Paar blaue Augen blickte, das mich seit fast zwei Wochen in meinen Gedanken verfolgte, glaubte ich zuerst an eine Fata Morgana. Ich schloss kurz die Augen und öffnete sie wieder, aber es war kein Traum. An einem der Stehtische stand mein Überfallopfer Sebastian aus dem *Grottenolm* und sah direkt zu uns herüber. Und seinem amüsierten Grinsen nach zu urteilen verstand er meine Körpersprache wesentlich besser als mein hartnäckiger Fan, der unablässig weiter auf mich einredete.

»Ein Kumpel hat mir diese Woche seinen Porsche geliehen. Cabrio. Was meinst du? Wie wär's mit einer kleinen Spritztour?«

»Nein, danke.« Ich versuchte noch ein Stückchen weiter von ihm abzurücken, aber da saß schon mein Thekennachbar. Während ich eine Entschuldigung murmelte, wanderte mein Blick wieder zu Sebastian. Dessen Grinsen war deutlich breiter geworden. Anscheinend genoss er das Schauspiel in vollen Zügen.

In diesem Moment spürte ich plötzlich eine Hand in meinem Rückenausschnitt. Es fühlte sich wie ein Stromschlag an, und damit meine ich nicht den elektrisierenden Reiz einer sanften Berührung, sondern eher den fiesen Schmerz eines Elektroschockers.

Sofort sprang ich von meinem Hocker, um der fummelnden Hand meines Leihporschefahrers zu entgehen.

»Fass mich nicht an!«, fauchte ich ihn an.

Es war kaum zu glauben, aber er grinste mir tatsächlich direkt ins Gesicht. »Jetzt hab dich doch nicht so«, meinte er lapidar. »Du hast so eine weiche Haut, da konnte ich mich einfach nicht mehr bremsen. Da muss man einfach mal hinfassen.«

Fast wie in Zeitlupe näherte sich seine Hand wieder meinem Rücken. Ich starrte darauf wie die Fliege auf das Maul des Frosches, war aber nicht in der Lage, mich zu rühren.

»Da bist du ja, mein Schatz«, ertönte plötzlich eine mir vage bekannt vorkommende Stimme hinter mir. »Tut mir leid, ich wollte dich nicht warten lassen.«

Noch ehe ich reagieren konnte, tauchte Sebastians Gesicht vor mir auf. Er drückte mir einen flüchtigen Kuss auf den Mund.

Immerhin schaffte ich es, ein heiseres »Hi!«, hervorzubringen, auch wenn ich noch verdatterter ausgesehen haben muss als nach dem ersten Scherzartikeleinsatz von Zinkelmann.

Sebastian legte seinen Arm um meine Schultern und grinste meinen aufdringlichen Verehrer an.

»Entschuldige, ich muss Isabelle jetzt leider mitnehmen«, sagte er über die Schulter, während er mich zu einem kleinen Zweiertisch führte, der gerade frei geworden war.

Ich weiß nicht, ob es die ungewohnte Menge an Alkohol war, die ich mir an diesem Abend schon zu Gemüte geführt hatte, oder ob es daran lag, dass ich plötzlich aus der angespannten Situation befreit worden war, aber mit einem Mal schienen meine Beine mir den Dienst versagen zu wollen. Ich krallte mich an Sebastian fest.

»Danke«, wisperte ich ihm zu. »Du hast mich gerettet. Ich weiß nicht, wie weit der Kerl noch gegangen wäre. Dem wäre wohl alles zuzutrauen.«

»Den Eindruck hatte ich auch«, gab Sebastian mit hochgezogenen Augenbrauen zurück. Dann verzog sich sein Gesicht zu einem süffisanten Schmunzeln. »Außerdem hatte ich so die Gelegenheit, mich für deine Attacke im *Grottenolm* zu revanchieren.«

Er warf einen Blick zurück an die Theke. »Dein glühender Fan beobachtet uns übrigens immer noch. Wir sollten also besser den Eindruck, dass wir ein Paar sind, noch eine Weile aufrechterhalten.«

»Oh Mann, da habe ich mir was eingebrockt«, seufzte ich und ließ mich auf den weich gepolsterten Kunstlederstuhl fallen.

Sebastian blieb derweil stehen und sah mich fragend an. »Möchtest du noch was trinken?«

Ich nickte. Der Cocktail, den ich gerade getrunken hatte, war sehr gut gewesen. Aber ich wollte Sebastian auf keinen Fall etwas von *Sex on the beach* erzählen und ihm damit eine weitere Steilvorlage für einen dummen Spruch liefern.

»Irgendetwas Fruchtiges«, sagte ich daher nur.

Nachdem uns Sebastian zwei Drinks geholt und sich mir gegenüber an den kleinen Tisch gesetzt hatte, musterte er mich amüsiert. »Verrätst du mir jetzt, was es mit deinem spontanen Kuss im *Grottenolm* auf sich hatte? Du bist doch nicht über mich hergefallen, weil meine fast schon animalische Anziehungskraft dich überwältigt hat, oder?«

»Nein.« Ich kicherte. »Es war eine Wette. Na ja, so etwas Ähnliches zumindest. Es ist eine ziemlich ungewöhnliche Geschichte.« Ausführlich berichtete ich ihm, auf welche Weise ich mit Lily in Kontakt gekommen war und was sich daraus entwickelt hatte.

Als ich fertig war, schüttelte er lachend den Kopf. »Unglaublich. So etwas können sich wirklich nur Frauen ausdenken. Aber zumindest habe ich jetzt eine Erklärung dafür, warum ich dich ausgerechnet hier getroffen habe. Das ist zwar nicht unbedingt der letzte Laden, in dem ich dich erwartet hatte, aber viel kommt danach nicht mehr.«

Ich verzog das Gesicht zu einer Grimasse. »Zu deinen Gunsten verstehe ich das jetzt mal als Kompliment. Ehrlich gesagt finde ich auch nicht, dass du besonders gut hierher passt.«

»Du hast recht«, gab Sebastian zurück und lächelte genauso, wie ich es aus dem *Grottenolm* in Erinnerung hatte. Ich schluckte schwer, weil mein Mund plötzlich ganz trocken wurde. Zum Glück sprach er weiter und lenkte mich damit ab.

»Ich hatte vorhin ein Geschäftsessen mit einem wichtigen Kunden. Und er wollte anschließend unbedingt noch hierher. Also habe ich mich breitschlagen lassen, obwohl ich weder den Kunden noch das *Blue Moon* besonders mag. Umso überraschter war ich, dass ich ausgerechnet dich hier entdeckt habe.« Seine Miene wurde plötzlich ernst, als er weitersprach. »Ich war seit dem letzten Samstag fast jeden Abend im *Grottenolm* und habe gehofft – na ja, dass du vielleicht auch da bist.«

Ich starrte ihn an, als hätte er mir gerade ein obszönes Angebot gemacht. Die Richtung, die unser Gespräch gerade nahm, gefiel mir gar nicht. Anscheinend bemerkte er mein Unbehagen, denn plötzlich grinste er.

»Okay, ich muss zugeben, ich war nicht deinetwegen da, jedenfalls nicht nur. Eigentlich esse ich fast jeden Abend da, weil ich für mich allein nichts kochen will. Das *Grottenolm* gehört einer alten Schulfreundin von mir, und sie sieht es offenbar als gute Tat an, mich mit durchzufüttern.«

Ich atmete auf. Da hatten wir wohl gerade noch mal die Kurve gekriegt. Um das Gespräch in noch unverfänglichere Bahnen zu lenken, erkundigte ich mich: »Was hast du eigentlich mit deinem Kunden gemacht, mit dem du hergekommen bist? Ich habe ihn gar nicht gesehen.«

Sebastian winkte lässig ab. »Ach, den habe ich gefesselt und geknebelt auf dem Herrenklo entsorgt, als ich dich vor deinem Verehrer retten musste.«

Er feixte, als er mein Zusammenzucken bemerkte. »Nein, Spaß beiseite. Der hat sich zum Glück ganz schnell passendere Gesellschaft gesucht.«

Mit einem Kopfnicken deutete er auf einen Kerl zwei Tische weiter, der in aufgeblasener Pose auf zwei schwarzhaarige Schönheiten einredete. Die beiden Frauen amüsierten sich dabei offensichtlich prächtig, denn immer wieder lachten sie laut auf. Ob sie über seine Scherze lachten oder einfach nur über ihn, konnte ich von meinem Platz aus nicht feststellen, und ich hatte auch absolut kein Bedürfnis dazu. Der Mann wirkte schmierig. Er hatte eine schwarze Bundfaltenhose an und ein weit offenstehendes Seidenhemd, unter dem seine sorgfältig enthaarte, solariengebräunte Brust hervorlugte, die er zudem – es lebe das Klischee – mit einigen Goldketten dekoriert hatte.

»Das ist dein Kunde?«, rutschte es mir in entsetztem Ton heraus. »Ich denke, der würde sich wunderbar mit Hassos Herrchen verstehen.«

Sebastian grinste und zuckte die Achseln. »Weißt du, privat würde ich mit dem bestimmt niemals etwas zu tun haben, aber beruflich verfolge ich einfach die Philosophie eines Sessels – der muss auch mit jedem Arsch klarkommen.«

Ich presste die Hand auf den Mund, um nicht laut loszuprusten. »Ich glaube, das solltest du ihn lieber nicht hören lassen, sonst ist er die längste Zeit dein Kunde gewesen. Aber was genau machst du eigentlich, dass solche Leute deine Kunden sind?«

»Ich arbeite bei einem Weingroßhandel.« Er beugte sich ein Stückchen weiter vor, damit ich ihn besser verstehen konnte. Irgendjemand hatte die Musik noch weiter aufgedreht, auf eine Lautstärke, bei der ich normalerweise sofort gegangen wäre. Aber ganz entgegen meinen sonstigen Gewohnheiten gefiel mir die erzwungene Nähe.

»Und ob du es glaubst oder nicht«, fuhr Sebastian fort, »mein Kunde ist der Eigentümer eines ziemlich guten Restaurants, auch wenn er auf den ersten Blick eher wie ein Boxpromoter aussieht.«

»Oder wie ein Zuhälter«, ergänzte ich grinsend. Dann musterte ich ihn prüfend. »Heißt das, du verstehst so richtig was von deinem Fach, bist also ein richtiger Weinkenner?«

Als Sebastian nickte, erklärte ich freimütig: »Das Einzige, was ich unterscheiden kann, ist Rot- von Weißwein, und das auch nur, wenn ich ihn sehe. Aber immerhin kann ich den Jahrgang vom Etikett ablesen.«

»Na, das ist doch auch schon etwas. Manche schaffen nicht mal das.«

»Ist das nicht furchtbar anstrengend?«, erkundigte ich mich, wobei ich mich bemühte, mein Lallen so gut wie möglich zu unterdrücken. »Ich meine, wenn du ständig mit so merkwürdigen Kunden zu tun hast?«

Ich wies wieder auf den Kerl zwei Tische weiter, der inzwischen mit seinem Gesicht fast im Ausschnitt einer der beiden Frauen abgetaucht war.

»Nur manchmal«, grinste Sebastian. »Aber du hast schon recht, mein Leben lang möchte ich das eigentlich nicht machen. Mein Traum wäre ja ein eigenes kleines Weingut, wo ich dann auch ein bisschen herumexperimentieren könnte.«

»Du meinst so etwas wie verschiedene Sorten miteinander zu kreuzen oder alte Weinsorten wieder anzubauen, die es kaum noch gibt?«

Sebastian zog erstaunt die Augenbrauen hoch. »Und du behauptest, dass du dich nicht mit Wein auskennst?«

»Nicht mit dem Getränk«, kicherte ich. »Aber hey, Weinstöcke sind schließlich Pflanzen, und bei Pflanzen macht mir so schnell keiner etwas vor.«

Kapitel 11

Zwei Stunden und einige Cocktails später verließen wir das *Blue Moon*. Sebastians Kunde war in der Zwischenzeit mit seinen zwei Eroberungen verschwunden, ohne sich zu verabschieden. Das war mir ehrlich gesagt aber auch ganz recht gewesen. Ich wollte mir lieber gar nicht vorstellen, wie der Abend für das unsympathische Dreiergespann noch weiterging.

Ich selbst war allerdings auch angeschlagener als erwartet. Die Cocktails hatten zwar kaum nach Alkohol geschmeckt, es meiner Schlagseite nach zu urteilen aber ordentlich in sich gehabt.

»Ich bringe dich besser noch zum Taxistand«, erklärte Sebastian mit einem amüsierten Blick, als ich mich mit den Händen nach beiden Seiten absicherte, um nicht gegen den Türrahmen der Cocktailbar zu knallen.

»Nicht nötig«, nuschelte ich. »Meine Wohnung ist hier ganz in der Nähe. Ich kann laufen.«

Sebastian sah mich skeptisch an. »Bist du sicher? Du scheinst ja nicht viel zu vertragen. So viel Alkohol war in deinen Cocktails doch gar nicht drin.«

»Da nicht.« Ich zog die Nase kraus. »Aber vielleicht in der Flasche Prosecco, die ich zuhause geleert habe. Ich musste mir doch Mut antrinken, sonst hätte ich mich nie in dem Outfit unter die Leute gewagt.«

Als sein Gesicht wieder zu diesem umwerfenden Lächeln verzog, wäre ich am liebsten sofort wieder über ihn hergefallen und hätte ihn geküsst. Doch leider war ich vollends damit beschäftigt, nicht umzufallen. Alles um mich herum war irgendwie wackelig, und als ich leicht schwankte, krallte ich mich schnell an seinem Arm fest.

»Das sind nur die hohen Absätze. Da muss ich wohl noch ein bisschen das Laufen darin üben«, erklärte ich ihm.

»Alles klar. Also, wo müssen wir lang?«

Ohne Sebastian als meine Stütze hätte ich wahrscheinlich mindestens eine Stunde zu meiner Wohnung gebraucht, weil ich allein aufgrund meiner Schlangenlinien den dreifachen Weg hätte laufen müssen. Aber er schaffte es, mich innerhalb zwanzig Minuten zu dem Haus, in dem meine Wohnung lag, und sogar noch die Treppe hoch bis vor meine Wohnungstür zu bugsieren.

Ein oder zwei Minuten lang beobachtete er, wie ich probierte, meinen Wohnungsschlüssel in das Schloss zu bekommen. Anstandshalber versuchte er dabei, seine amüsierte Miene vor mir zu verbergen. Doch ich durchschaute ihn natürlich trotzdem, und es war mir ein bisschen peinlich.

»Verdammt, wer hat denn das Schlüsselloch so klein gemacht?«, murmelte ich missmutig, wobei allein die Aussprache des Wortes »Schlüsselloch« in meinem Zustand eine echte Herausforderung war.

Wortlos nahm Sebastian mir den Schlüssel aus der Hand und schloss auf.

»So, ich glaube den Rest des Wegs schaffst du allein«, grinste er und deutete dabei mit einer Kopfbewegung in den Flur.

Das hatte ich aber gar nicht vor.

Ich zog einen Schmollmund. »Ich mag jetzt aber nicht allein sein. Willst du nicht noch mit reinkommen?«

Selbst in meinen eigenen benebelten Ohren klang das jämmerlich. Deshalb beschloss ich, auf eine andere Strategie auszuweichen.

Mutig legte ich meine Arme um Sebastians Nacken und schmiegte mich an ihn. Das bewahrte mich nicht nur vor dem unvorteilhaften Hin-und-her-Schwanken, sondern fühlte sich auch unheimlich gut an. »Wir könnten es uns hier doch noch ein bisschen gemütlich machen.«

Einen Moment zögerte Sebastian und sah mich mit einem Blick an, den ich nicht deuten konnte. Dann schob er mich vorsichtig in meine Wohnung. Wie eine Schaufensterpuppe stellte er mich einfach im Flur ab. Aus seiner Hemdtasche zog er eine Karte, schrieb mit einem Kugelschreiber etwas darauf und legte sie auf die kleine Kiefernkommode, die in der Nähe der Eingangstür stand.

»Das ist meine Handynummer«, sagte er in sanftem Ton. »Ruf mich an, ja?« Dann wandte er sich zum Gehen, aber ich hielt ihn am Arm zurück.

»Ich will aber gar nicht, dass du mich jetzt allein lässt. Du sollst noch ein bisschen bei mir bleiben«, schmollte ich. Als er wieder zögerte, zog ich eine Schnute. »Du magst mich nicht.«

Sebastians Blick wurde ernst, als er mich ansah.

»Doch, das tue ich«, gab er leise zurück. »Und genau darum ist es besser, wenn ich jetzt gehe.«

Kapitel 12

Als am nächsten Morgen mein Wecker klingelte, fühlte sich mein Kopf an, als hätte ich die ganze Nacht mit einem Bulldozer gekämpft – und verloren. Und zum ersten Mal, seitdem ich bei Zinkelmann arbeitete, fiel es mir schwer, rechtzeitig aufzustehen, damit ich nicht zu spät ins Büro kam.

Ich ging ins Bad. Als mir aus dem Spiegel mein Gesicht entgegenblickte, das aussah wie eine frisch gepuderte Wasserleiche, stöhnte ich laut auf. In diesem Moment wusste ich nicht, was schlimmer war, die Kopfschmerzen oder die Übelkeit, aber mein eigener Anblick schoss wirklich den sprichwörtlichen Vogel ab.

Und auch wenn ich an den gestrigen Abend dachte, hatte ich gemischte Gefühle. Die Cocktails hatten mir das Hirn zwar ein wenig vernebelt, aber an das meiste erinnerte ich mich noch ganz gut – glaubte ich zumindest.

Den Typen, der mich so penetrant angebaggert und schließlich sogar noch betatscht hatte, hatte ich noch fotorealistisch vor Augen. Ebenso wie Sebastians amüsiertes Grinsen, als er meine vergeblichen Abwehrversuche beobachtet hatte.

Dass er mich dann aus der unangenehmen Situation befreit hatte, rechnete ich ihm natürlich hoch an, und auch mit ihm zusammenzusitzen und einfach nur zu reden, hatte ich sehr genossen.

Und dann hatte ausgerechnet ich blöde Kuh alles kaputt gemacht. Ich wusste selbst nicht, wie es dazu gekommen war, dass ich mich plötzlich so an ihn herangeschmissen hatte. Wie hatte ich mich nur so peinlich benehmen können?

Ich stöhnte auf und schüttelte den Kopf. Irgendetwas musste der Prosecco wohl an sich gehabt haben, dass bei mir sämtliche Hemmungen gefallen waren. Oder waren es die anschließenden Cocktails gewesen? Wie auch immer, jedenfalls war es kein Wunder, dass Sebastian da eiligst die Flucht ergriffen hatte.

Ich runzelte die Stirn. Was hatte er zum Schluss noch gesagt, kurz bevor er gegangen war? Dass ich ihn anrufen sollte?

Auf unsicheren Füßen taperte ich durch den Flur, dessen Boden sich anfühlte, als würde ich auf wabbeligen Spiegeleiern balancieren, die bei jedem Schritt unter mir nachgaben. Auf der kleinen Kommode an der Wohnungstür fand ich tatsächlich eine Karte. Ich nahm sie in die Hand. Es war eine Visitenkarte von dem Weingroßhandel, bei dem Sebastian arbeitete.

Sebastian Schöller, Oenologe (M.Sc.) sowie eine Telefonnummer waren auf die Vorderseite gedruckt. Und auf die Rückseite hatte er seine Handynummer geschrieben.

Ich lief vorsichtig ins Bad zurück – bei jedem Schritt dröhnte mein Kopf, als würde mein Zahnarzt mit seinem gemeinsten Bohrer in meinem Hirn herumrühren – verzog gequält das Gesicht und warf die Karte in den kleinen Mülleimer. Nachdem ich mich so blamiert hatte, würde ich mir bestimmt nicht die Blöße geben, auch noch hinter Sebastian hinterherzutelefonieren.

Gerade noch rechtzeitig kam ich eine Stunde später im Büro an.

Karin, die vor der Tür eine Zigarette rauchte und dabei pausenlos in ihr Handy quatschte, blieb vor Schreck die Sprache weg, als sie mich sah. Mit offenem Mund starrte sie mich an.

Anstelle meiner üblichen Bürouniform aus grauer Hose und weißer, hochgeschlossener Bluse trug ich heute einfach nur Jeans und ein rotes T-Shirt. Meine Haare hatte ich offen gelassen. Und zu allem Überfluss hatte ich auch noch eine Sonnenbrille auf der Nase, gezwungenermaßen, denn ohne die war das Tageslicht für mich einfach nicht zu ertragen – und mein Anblick für andere wohl auch nicht.

»Mach den Mund zu, sonst kommt der ganze Rauch raus«, raunte ich Karin zu, während ich versuchte, mit möglichst sicher wirkenden Schritten an ihr vorbeizukommen. Jetzt wusste ich jedenfalls, was ich tun musste, wenn ich noch einmal jemanden zur Sprachlosigkeit bringen wollte.

Drinnen warf mir Lina, Zinkelmanns Sekretärin, einen mitleidsvollen Blick zu.

»War wohl eine schwere Nacht gestern?«, erkundigte sie sich, während sie genüsslich ihren Kaugummi im Mund herumwälzte.

Anstelle einer Antwort zog ich nur eine gequälte Grimasse, machte eine abwehrende Handbewegung und verzog mich in mein Büro. Ganz entgegen meiner Gewohnheit machte ich die Tür hinter mir zu, wodurch allen Kollegen mitgeteilt wurde, dass sie mich allenfalls stören durften, wenn das Gebäude Feuer gefangen hatte oder sie mir eine Million Euro überschreiben wollten.

Später, als ich an meinem Schreibtisch saß und über endlosen Zahlentabellen brütete, fragte ich mich zum wiederholten Mal, ob es überhaupt sinnvoll war, die Wette mit Lily fortzuführen. Der Abschluss des gestrigen Abends hatte mich so frustriert, dass ich kurz davor war, alles hinzuschmeißen. Sollte sie doch jemand anders mit ihren bescheuerten Einfällen nerven!

Dann aber dachte ich an den restlichen Abend, den Teil zwischen der plumpen Anmachaktion und der Blamage in meiner Wohnung. Trotz des Presslufthammers in meinem Kopf lächelte ich leicht. Allein dafür hatte sich der Aufwand doch eigentlich gelohnt. Und wenn das nicht reichte, dann war es Karins sprachlose Miene am Morgen.

»Okay«, seufzte ich und holte tief Luft. Mein Entschluss stand fest: Ich würde nicht aufgeben, zumindest noch nicht jetzt. Und da heute schon Freitag war, bedeutete dies zwangsläufig, dass ich mir ganz schnell die nächste Wochenaufgabe überlegen musste.

Kapitel 13

Ich hatte auch schon eine vage Vorstellung von der neuen Herausforderung, die ich uns beiden stellen wollte, als ich mich nach Feierabend an meinen Computer setzte. Doch zuerst berichtete ich Lily jedes Detail von dem aufregenden Abend, den sie mir beschert hatte.

Merkwürdigerweise fiel es mir ganz leicht, mich ihr anzuvertrauen. Ob das so war, obwohl ich sie nicht wirklich kannte, oder genau aus diesem Grund, war mir selbst nicht ganz klar.

Du solltest das mit Sebastian nicht so eng sehen, riet sie mir in ihrer Antwortmail. *Ich an deiner Stelle würde ihn auf jeden Fall noch mal anrufen. Wenn er dich nicht wiedersehen wollte, hätte er doch wohl kaum seine Karte bei dir gelassen, oder?*

Tja, bei mir selbst ist der Abend leider total in die Hose gegangen. Eigentlich hatte ich mich echt darauf gefreut, mich endlich mal wieder so richtig in Schale zu werfen und den Männern den Kopf zu verdrehen. Ohne so einen Vorwand wie unsere Wette macht das ja nur halb so viel Spaß. Jedenfalls bin ich ins Carlito gegangen, um mal wieder so richtig zu tanzen, zu feiern und natürlich zu flirten. Und rate mal, wen ich da getroffen habe! Ausgerechnet Cornelia, die größte Klatschtante meiner alten Schule. Inzwischen kann man das »groß« sogar wörtlich verstehen, denn die Gute ist ganz schön in die Breite gegangen.

Ein paar Minuten lang war es ja sogar ganz nett, ein bisschen über alte Zeiten zu quatschen, aber irgendwann wurde es mir einfach zu viel. Bloß leider hat sie sich partout nicht abwimmeln lassen, obwohl ich ihr sogar vorgeschwindelt habe, ich hätte ein geheimnisvolles Blind Date und müsste unbedingt allein sein, damit der Typ mich ansprechen kann.

»Ach was, der kommt auch so. Und wenn nicht, hat er eben Pech gehabt«, hat sie nur gemeint und weitergeredet.

Also, ich erzähle ja schon ganz schön viel, aber sie muss neben mir ausgesehen haben wie eine wiederkäuende Kuh. Ihr Mund stand nicht eine Sekunde still!

Als ich meine Stunde dann abgesessen hatte, bin ich sofort geflüchtet. Das war es dann also mit meinem Flirtabend. Aber gut, ich kann das ja später noch einmal wiederholen, und dann hoffentlich ohne Cornelia ;-)

Ach ja, hast du dir schon eine neue Aufgabe ausgedacht?

Oh nein, dachte ich. Irgendwie war bei Lily wirklich der Wurm drin. Erst wurde sie bei Ikea rausgeschmissen, dann versaute sie sich ihre Seminarnote und jetzt auch noch der verpatzte Abend im *Carlito*.

Anscheinend hatte ich in diesem Spiel immer die besseren Karten, während sie grundsätzlich bei der A-Karte hängen blieb. Doch das konnte sich natürlich schnell ändern, vielleicht schon bei der nächsten Aufgabe, die ich jetzt stellen musste.

Ich überlegte einen Moment, weil ich mir erst darüber klar werden musste, wie ich die Herausforderung formulieren sollte.

Nach wie vor wollte ich an meinem Plan festhalten, meine Garderobe ein bisschen aufzustocken, vor allem was die Sachen für die Arbeit anbetraf. Ich hatte keine Lust mehr, weiter durch meine Unscheinbarkeit aufzufallen.

Da ich allerdings nicht unbedingt ein Nachkomme der Rockefellers war, und mein Auto erst ein paar Wochen zuvor beinahe seinen altbetagten Geist aufgegeben hatte (sogar der Chef der Autowerkstatt hatte vor Scham fast Tränen in den Augen gehabt, als er mir die Rechnung für die »kleine« Reparatur überreicht hatte), brauchte ich natürlich Geld. Das hatte mich auf die Idee gebracht, ein paar meiner alten Sachen auf dem Flohmarkt zu verkaufen. Und wenn ich das dann auch noch mit der neuen Wochenaufgabe verband, konnte ich quasi zwei Affen mit einer Klappe erschlagen.

Aber wie stellte ich die Aufgabe am besten, damit sie zu etwas Besonderem wurde?

Nachdenklich ließ ich meinen Blick schweifen – und blieb an dem Bild hängen, das schon seit einiger Zeit meinen Flur zierte.

Es war ein quadratisches Aquarellgemälde, das eine abstrahierte Ansicht von Wien zeigte, ein Souvenir von einem gemeinsamen Wochenende mit Paul. Ich hatte es bei einem Straßenkünstler entdeckt und mich sofort darin verliebt. Doch Paul hatte mich davon abgehalten, es zu kaufen. Mit Argumenten wie *das passt gar nicht in deine Wohnung* und *das ist viel zu teuer* hatte er mich so lange zugetextet, bis ich irgendwann genervt das Handtuch geworfen hatte.

Erst als wir wieder zurück in Heidelberg gewesen waren, hatte er es mir plötzlich als Geschenk überreicht. Am Abend, nachdem ich es entdeckt hatte, war er heimlich aus dem Hotelzimmer geschlichen, während ich ein Bad genommen hatte, und hatte es für mich gekauft.

Es war das romantischste Geschenk, das ich jemals bekommen hatte. Und genau das war auch das Problem. Das Bild war zwar wunderschön, aber jedes Mal, wenn ich es ansah, musste ich daran denken, wie wir verliebt durch Wien geschlendert waren.

Es wurde endlich Zeit, mein Leben ein wenig zu entrümpeln, dachte ich und begann zu tippen:

Also gut, die neue Aufgabe für diese Woche lautet: Verkaufe eine unangenehme Erinnerung. Wie du das umsetzt, bleibt ganz allein dir überlassen, aber es muss Geld fließen, mindestens ein Euro.

Und nein, ich werde Sebastian nicht anrufen. Der Ausgang des Abends gestern hat mir gezeigt, dass es vielleicht einfach nicht sein soll. Vielleicht führt uns das Schicksal ja irgendwann wieder zusammen, dann ist das auch in Ordnung. Aber jetzt konzentriere ich mich erst mal auf mich selber.

Als ich mir die Zeilen noch einmal durchlas, runzelte ich die Stirn. Wenn das Schicksal uns zusammenführt? Wie war ich denn drauf? Die nüchterne Buchhalterin faselte plötzlich etwas über das Schicksal?

Verwundert über mich selbst schüttelte ich den Kopf. Mein Kater schien immer noch nachzuwirken. Hoffentlich behielt ich keine bleibenden Schäden zurück, sonst würde ich noch zur hoffnungslosen Romantikerin werden.

Ach, was soll's, sagte ich mir und klickte auf *Senden*. Lily würde schon wissen, was ich meinte.

Nachdem ich den PC heruntergefahren hatte, holte ich einen leeren Umzugskarton aus meinem Kleiderschrank, faltete ihn auf und sah mich ratlos um. Ich konnte ja schlecht einen Flohmarktstand aufbauen, auf dem nur ein einziges Bild zum Verkauf stand. Außerdem würde das kaum genug Geld für mein Vorhaben einbringen. Daher brauchte ich dringend noch ein paar Sachen, die ich anbieten konnte.

Ich öffnete zuerst meinen Küchenschrank. Als ich sah, wie viel Zeug sich in der gar nicht so langen Zeit, während der ich jetzt in dieser Wohnung wohnte, angesammelt hatte, stöhnte ich leise auf. Mir stand ein arbeitsreicher Abend bevor.

Kapitel 14

Es war noch dunkel, als ich am nächsten Morgen den randvoll gepackten Karton, das Aquarell und einen Klapptisch in mein Auto packte. Von Paul, der ein leidenschaftlicher Flohmarktfan war, hatte ich gelernt, dass man einen Stand so früh wie möglich aufbauen musste. Nur dann bekam man einen guten Platz mit viel Publikumsverkehr, und um diese Zeit waren auch schon die ersten ernsthaften Interessenten unterwegs, um sich die beste Ware zu sichern.

An dem großen Platz angekommen, auf dem der Flohmarkt stattfinden sollte, begann ich sofort mit dem Aufbau des Standes. Zwischen den ganzen Profihändlern, die mit Lieferwagen, Kleiderständern, Pavillons und Sonnenschirmen anrückten, wirkte mein Mini-Klapptisch zwar ziemlich mickrig, aber ich drapierte selbstbewusst die mitgebrachten Sachen darauf. Nur mein altes Sparschwein, das dem Betrachter mit lüsternem Blick seinen nackten Hintern über der halb heruntergezogenen Hose präsentierte, ließ ich doch lieber im Karton unter dem Tisch verschwinden. Es war mir peinlich, dass es mir gehörte, obwohl ich eigentlich gar nichts dafür konnte. Schließlich war es ein Geschenk von ein paar Freunden zu meinem sechzehnten Geburtstag gewesen. Warum ich es seitdem aufbewahrt hatte, war mir allerdings selbst ein Rätsel.

Im Mittelpunkt meiner Auslage stand natürlich das Bild, um das es eigentlich ging. Aber auch das Kleid mit dem großen Rückenausschnitt wollte ich verkaufen, natürlich gewaschen und ordentlich gebügelt. Wenn ich an den aufdringlichen Kerl aus dem *Blue Moon* dachte, konnte sogar das Kleid als schlechte Erinnerung herhalten. Andererseits war der Abend so schlecht ja nun auch nicht gewesen. Immerhin hatte ich Sebastian wiedergetroffen, und das war eine durchaus angenehme Erinnerung.

Am Abend zuvor, kurz vor dem Einschlafen, hatte ich mich sogar bei dem Gedanken ertappt, dass ich ihn doch ganz gern angerufen hätte, aber dazu war es jetzt zu spät. Ich hatte nämlich blöderweise seine Telefonnummer zusammen mit dem anderen Müll schon im großen Container hinter dem Haus entsorgt.

Du könntest immer noch ins Grottenolm gehen, flüsterte mir eine innere Stimme zu. *Er hat doch erzählt, dass er fast jeden Abend dort isst.*

Diesen Gedanken drängte ich aber schnell beiseite. So wie es jetzt war, lief es schon ganz gut, sagte ich mir. Hinterherrennen wollte ich einem Mann jedenfalls nicht.

»Wie viel willste denn für das Bild da?«, riss mich eine kratzig klingende Stimme mit schleppender Sprechweise aus meinen Gedanken. Ein hagerer Typ mit hängenden Schultern, roten Strubbelhaaren und Ziegenbärtchen sah mich fragend an. Er strahlte den Elan eines Zweifinger-Faultiers aus.

»Äh.« Ich zögerte völlig überrumpelt. Vielleicht wäre es ganz geschickt gewesen, wenn ich mir vorher mal Gedanken gemacht hätte, welche Preise ich mir eigentlich für die einzelnen Stücke vorstellte. »Äh, fünfzig Euro?«

Das war meinerseits ja ein fast schon genialer Start. Dass auf Flohmärkten gehandelt wurde, war selbstverständlich, aber wenn meine eigene Antwort schon wie eine unsichere

Frage klang, lud das andere geradezu ein, mich in Grund und Boden zu feilschen.

Bei Ziegenbärtchen traf das augenscheinlich auch zu.

»Viel zu viel!«, stöhnte er mit ungeahnter Leidenschaft.

»Okay, fünfundvierzig«, schlug ich großzügig vor.

Ziegenbärtchen gab eine quengelige Antwort, die ich allerdings nicht verstand, weil plötzlich jemand dicht hinter mir zu sprechen begann.

»Du willst unser Bild verkaufen?«

Erschreckt fuhr ich herum – und blickte direkt auf Paul, der mich mit entsetzter Miene anstierte.

Ich hatte ihn seit unserer Trennung nicht mehr gesehen. Er hatte zwar großmütig angeboten, wir könnten doch Freunde bleiben, als er mit mir Schluss gemacht hatte, aber für mich war das nicht mehr als eine billige Floskel gewesen. Mal ganz davon abgesehen, dass ich es zumindest in der ersten Zeit kaum ertragen hätte, ihm überhaupt wieder zu begegnen.

Äußerlich hatte er sich kaum verändert. Seine langen blonden Haare waren zu einem Pferdeschwanz gebunden und er trug wie meistens Jeans und ein schwarzes T-Shirt, auf dem die Tourdaten irgendeiner unbekannten Rockband aufgedruckt waren. Nur seine sonst so freundlichen graugrünen Augen starrten mich jetzt vorwurfsvoll an.

Ich war so geschockt über seine Anwesenheit, dass ich – mal wieder – sprachlos war. Dabei hätte ich es mir ja auch gleich denken können, dass er hier herumstrich. Er hatte früher schon keinen Flohmarkt auslassen können. Oft genug hatte er mich früh morgens aus dem Bett geschmissen, um mit mir zusammen zwischen den Ständen umherzustöbern.

Aber dass er sich jetzt einfach von hinten anschlich und mich so erschreckte, war schon ziemlich unverschämt.

Unser Bild?, dachte ich wütend, nachdem ich mich mühsam aus meiner Erstarrung gelöst hatte.

»Davon kann wohl kaum die Rede sein«, sagte ich kühl. »Du hast es mir geschenkt, also kann ich damit machen, was ich will.«

»Fünfundzwanzig Euro?«, warf Ziegenbart ein.

Mit einem vernichtenden Blick brachte ich ihn zum Schweigen.

Paul presste derweil die Lippen zusammen. »Aber ich dachte, es gefällt dir«, gab er zurück. »Wenn ich das richtig in Erinnerung habe, hast du damals in Wien Himmel und Hölle in Bewegung gesetzt, um es zu bekommen. Und es ist doch eine Erinnerung an unsere gemeinsame Zeit.«

Er wirkte verletzt, aber ich beschloss, mir nicht anmerken zu lassen, wie sehr mich das traf.

»Erinnerungen muss man manchmal auch loslassen können. Sonst könnte man ja nie in Ruhe weiterleben«, schnaubte ich daher verächtlich.

»Dreißig Euro?«, bot Ziegenbärtchen ungerührt an.

Diesmal war mir seine Einmischung nicht einmal einen Seitenblick wert, aber Paul reagierte darauf.

»Also, mir wäre die Erinnerung wesentlich mehr wert als dreißig Euro«, sagte er in Richtung Ziegenbart, doch mir war sofort klar, dass seine Worte mir galten. »Wir hatten nämlich eine sehr schöne Zeit zusammen.«

»Ach ja?«, fuhr ich ihn an. »Und deshalb hast du Knall auf Fall mit mir Schluss gemacht, ja? Weil du so gern mit mir zusammen warst? Erzähl das deiner Oma und ihrem Pferd.

Dir war es doch scheißegal, wie es mir dabei ging, als du mir den Laufpass gegeben hast.«

Auch Paul wurde jetzt wütend. »Meinst du etwa, mir ging es gut dabei? Du weißt, dass ich alles für dich getan hätte. Wenn es nach mir gegangen wäre, hätten wir damals längst eine gemeinsame Wohnung gehabt – und über den nächsten Schritt nachgedacht. Ich wollte ein gemeinsames Leben mit dir aufbauen. Aber du wolltest ja nicht mehr als eine lockere Beziehung, oder stimmt das etwa nicht? Du warst doch diejenige, die niemanden an sich heranlassen wollte. Vor allem mich nicht!«

»Fünfunddreißig Euro?«, fragte Ziegenbart vorsichtig.

»Halt die Klappe!«, schnauzten Paul und ich ihn wie aus einem Mund an.

Erschreckt wich er einen Schritt zurück. »'Tschuldigung«, stammelte er verwirrt. »Ich dachte nur ...«

Ratlos blickte er zwischen Paul, dem Aquarell und mir hin und her.

Ich fasste einen Entschluss. »Weißt du was«, sagte ich an Ziegenbärtchen gewandt. »Ich verkaufe dir das Bild für genau einen Euro. Mehr ist es nämlich nicht wert.«

Den entsetzten Blick von Paul, den ich aus den Augenwinkeln wahrnahm, versuchte ich dabei so weit wie möglich auszublenden.

Als ich zwei Stunden später die Treppe zu meiner Wohnung hinauflief, war ich zwischen meinen Gefühlen hin- und hergerissen.

Einerseits war ich ganz zufrieden, weil ich meine gesamte Ware verkauft hatte. Für mein sexy Kleid hatte sich eine Frau mittleren Alters brennend interessiert. Ich war mir zwar sicher, dass sie ihre nicht unerheblichen Speckröllchen niemals in das Kleidungsstück würde hineinpressen können, doch sie hatte sich den Kauf nicht ausreden lassen. Und sogar für mein Hintern-Sparschwein hatte sich ein Käufer gefunden, ein Mann um die sechzig, der mir versichert hatte, das Schwein wäre genau das richtige Geschenk für seine Frau zum Hochzeitstag. Ich hoffte für seine Frau, dass die Botschaft für sie der lüsterne Blick war, nicht der nackte Hintern.

Andererseits plagte mich immer noch mein schlechtes Gewissen. Ich wusste, dass ich Paul verletzt hatte. Es tat mir leid, aber irgendwie hatte ich es auch genossen. Er hatte mir so weh getan, als er sich von mir getrennt hatte, dass es für mich heute eine Genugtuung gewesen war, ihn leiden zu sehen.

Doch zum ersten Mal seit unserer Trennung überlegte ich, ob es nicht meine Schuld gewesen war, dass unsere Beziehung nicht funktioniert hatte. Vielleicht hatte er recht gehabt, als er behauptet hatte, er hätte damals alles für mich getan.

Er war der erste Mann gewesen, in den ich mich wirklich verliebt hatte. Und möglicherweise war gerade das es gewesen, das mir das Zusammensein mit ihm so schwierig gemacht hatte.

Ich wusste, dass es mir tatsächlich schwerfiel, Nähe zuzulassen. Doch ich wusste auch etwas, von dem er keine Ahnung hatte: Es tat anderen Menschen nicht gut, mit mir zusammen zu sein.

Als ich die letzten Stufen zu meiner Wohnung hinaufstieg, fiel mir sofort ein Paket ins Auge, das direkt vor der Tür an der Wand lehnte. Es war in braunes Packpapier gewickelt, doch ich erkannte sofort am Format, worum es sich handelte: Es war das Bild, das ich gerade auf dem Flohmarkt verkauft hatte.

Ungläubig riss ich die Karte ab, die mit einem Klebestreifen an der Verpackung befestigt war. Ich brauchte nur einen Blick, um die Handschrift darauf zu erkennen. Es war die von Paul. Er musste Ziegenbart gefolgt sein und ihm das Bild abgenommen haben. Und ich hoffte sehr, dass er es ihm abgekauft und nicht auf unschönere Weise abgenommen hatte.

Als ich den Text las, den er geschrieben hatte, musste ich schlucken. Er bestand nur aus einer einzigen Zeile:

Erinnerungen sollte man nicht zu billig verscherbeln.

Kapitel 15

Ich war ganz froh, dass ich in der nächsten Woche so viel Arbeit hatte, dass ich kaum zum Nachdenken kam. Und wenn in einer der wenigen stillen Minuten doch einmal Sebastians oder auch Pauls Gesicht in meinen Gedanken auftauchte, verbannte ich es sofort wieder daraus. Ich musste mich jetzt ganz auf meinen Job konzentrieren, da konnte ich keinerlei Ablenkung gebrauchen, sagte ich mir.

Nur ein kleines Highlight lockerte meinen Arbeitsalltag etwas auf, und zwar die Blicke, die Karin mir jedes Mal zuwarf, wenn wir uns begegneten.

Wie geplant hatte ich noch am Samstag das gesamte Geld, das ich beim Flohmarkt eingenommen hatte, für neue Klamotten ausgegeben, und ich hatte noch einen ordentlichen Betrag draufgelegt.

Statt meines üblichen Outfits aus grauer Hose und weißer Bluse trug ich am Montag einen schmalen Rock und ein raffiniert geschnittenes Shirt. Meine Ballerinas hatte ich gegen Pumps mit halbhohen Absätzen getauscht. Sogar ein leichtes, dezentes Make-up hatte ich aufgelegt. Am auffälligsten war aber meine neue Frisur. Ich hatte meine Haare nur etwas kürzer und leicht stufig schneiden lassen, aber zusammen mit einer etwas dunkleren Tönung war das Ergebnis wirklich spektakulär.

Als Karin mich so sah, glotzte sie mich zuerst an, als würde ich plötzlich im Elfenkostüm mitsamt Zauberstab und Flügelchen herumlaufen, aber im Lauf der Woche wurden ihre Blicke immer finsterer. Und ich kannte auch den Grund:

Es passte ihr gar nicht, dass ich ihr als Lieblings-Lästerobjekt abhandenkam.

Den restlichen Kollegen schien meine Veränderung jedoch zu gefallen, und ich genoss ihre wohlwollenden Blicke.

»Da steckt doch bestimmt ein Mann dahinter«, vermutete Lina, als wir uns in der Küche beim Kaffeeholen trafen.

Ich dachte an Lily und grinste. »Du wirst es nicht glauben, aber manchmal können auch Frauen bei Frauen etwas auslösen«, gab ich mit einem vielsagenden Augenzwinkern zurück und ließ Lina verdattert in der Küche stehen. Ich war mir durchaus bewusst, dass vermutlich bald Gerüchte über meine »sexuelle Neuorientierung« die Runde machen würden, aber es war mir egal. Sollten die anderen sich doch das Maul zerreißen. Ich hatte Besseres zu tun, als mir darüber Gedanken zu machen.

Am Donnerstag hatte mein Chef wie jedes Jahr die gesamte Belegschaft zu einem Sommerfest eingeladen. Und – wie ebenfalls jedes Jahr – hatte ich überhaupt keine Lust auf das Event. Diese Firmenfeiern liefen immer nach dem gleichen Schema ab: Je später der Abend wurde, umso betrunkener waren die Gäste, in diesem Fall also meine Kollegen. Und leider stiegen damit der Schlüpfrigkeitsgrad der Witze und die Zahl der Anzüglichkeiten exponentiell an.

Doch auch wenn ich Zinkelmann normalerweise ohne Schwierigkeiten um den Finger wickeln konnte und absolute Narrenfreiheit bei ihm genoss, wagte ich es doch nicht, meine Teilnahme abzusagen.

Das Sommerfest war Zinkelmanns persönliche heilige Kuh, und das Abschlachten derselben wurde nicht nur mit bösen Blicken bestraft. Wer beim Sommerfest nicht erschien, durfte sicher sein, dass ihm in den folgenden Monaten sämtliche unliebsamen Arbeiten aufs Auge gedrückt wurden, die der Chef zu vergeben hatte. Und er war erstaunlich kreativ darin, sich solche Arbeiten einfallen zu lassen.

Daher beschloss ich, die Zähne zusammenzubeißen und das Sommerfest über mich ergehen zu lassen. Als Lina mir dann noch anbot, mich in ihrem Auto mitzunehmen, sagte ich spontan zu. Mir war natürlich bewusst, dass sie mich hauptsächlich mitfahren ließ, um eine Gelegenheit zu haben, mich in Ruhe auszuhorchen. Schließlich kursierten nach meinem Spruch in der Küche schon zahlreiche Gerüchte über mich. Das Interessanteste von ihnen, das mir bis dahin zu Ohren gekommen war, besagte, dass ich in ein paar Wochen mit meiner neuen Geliebten, einer Schwedin mit fünf unehelichen Kindern, in ein Reihenhäuschen mit Garten ziehen würde.

Einen Moment lang war ich in Versuchung, mir eine abenteuerliche Geschichte über mein Liebesleben auszudenken, die ich Lina im Auto erzählen würde – natürlich unter dem Siegel strengster Verschwiegenheit. Vielleicht konnte ich etwas über eine untergetauchte Mafiabraut erfinden, die sich bei mir versteckt hielt. Oder wie wäre es mit einem flotten Dreier mit eineiigen Zwillingsschwestern? Es wäre bestimmt lustig zu beobachten, was daraus entstehen würde, wenn sie es munter weitertratschte. Dann aber verwarf ich den Gedanken wieder. Solche Scherze hatten die gefährliche Neigung, schnell nach hinten loszugehen.

Immerhin gab mir die Fahrgemeinschaft die Möglichkeit, auf der Feier das eine oder andere Glas Wein zu trinken. Zinkelmann hatte sich nämlich dieses Jahr ein großes

Weingut in der Nähe von Landau ausgesucht, auf dem das Fest steigen sollte.

Wie üblich war Lina spät dran, als sie mich an unserem verabredeten Treffpunkt, einem kleinen Parkplatz in der Nähe meiner Wohnung, abholte. Als eine der Letzten trafen wir auf dem Weingut ein. Daher blieb uns nichts anderes übrig, als uns auf die beiden einzigen noch freien Plätze zu zwängen.

Erst als Lina mir vernichtende Blicke zuwarf, die scharf genug waren, mich jeweils längs und quer zu halbieren, wurde mir klar, dass ausgerechnet ich mich neben Rolf, den Vorarbeiter aus der Fertigung gesetzt hatte. Rolf war das schlimmste Großmaul, das mir in meinen sechsundzwanzig Lebensjahren begegnet war, und ein vollkommen von sich selbst überzeugter Weiberheld.

Noch schwerer zu ertragen als die Vorstellung, den ganzen Abend neben diesem Casanova im Breitformat verbringen zu müssen, waren Linas Augenaufschläge, mit denen sie Rolf bedachte, wenn sie mich nicht gerade mit Blicken zu erdolchen versuchte. Seitdem ich die Chefsekretärin kannte, hatte sie ein für mich absolut unerklärbares Faible für Männer von Rolfs Schlag.

Während Zinkelmann seine berüchtigte, stets ausufernde Sommerfestrede hielt, hatte ich alle Hände voll zu tun, mir Lina vom Leib zu halten. Zentimeter um Zentimeter rutschte sie näher und wäre mir vermutlich auf den Schoß gekrochen, wenn ich sie nicht sanft zurückgeschoben hätte. Natürlich war nicht ich das Objekt ihrer Begierde, sondern ich wäre nur Durchgangsstation auf dem Weg zu meinem angehimmelten Sitznachbarn gewesen. Aber unsere Kollegen hätten das durchaus anders interpretieren können, vor allem, nachdem ja diverse Gerüchte über mich im Umlauf waren.

Erst als ich Lina vorsichtig darauf aufmerksam machte, konnte ich sie stoppen.

»Himmel, Lina, jetzt pflanz dich auf deinen Hintern und bleib auf deinem Stuhl sitzen«, zischte ich ihr zu. »Die anderen halten uns ja schon für das zukünftige Traumpaar der Firma.«

Als wäre sie von einem unsichtbaren Magneten angezogen worden, klebte Lina plötzlich an ihrem Stuhl. Aus weit aufgerissen Augen starrte sie mich entsetzt an. »Meinst du wirklich ...«, begann sie.

Mit einem leisen »schhh« gab ich ihr zu verstehen, still zu sein. Zinkelmanns Rede zu stören war zwar nicht ganz so schwerwiegend wie das Schwänzen des Sommerfestes, aber es kam direkt danach. Dementsprechend andächtig lauschte die gesamte Belegschaft unserem Chef.

Ich konnte die anderen gut beobachten, als er sprach, da ich mit dem Rücken zu ihm saß und mich nicht die ganze Zeit umdrehen wollte. Nur wenige schienen zuzuhören. Die meisten bemühten sich einfach, einen interessierten Eindruck vorzugaukeln und nicht allzu auffällig zu gähnen. Lina warf Rolf weiterhin wollüstige Blicke zu, während dieser die appetitlich angerichtete Vorspeise zu hypnotisieren versuchte, damit sie ohne weiteres Zutun direkt in seinen Mund sprang.

Ein allgemeines erleichtertes Aufatmen ging durch die Runde, als Zinkelmann endlich zum Schluss kam.

»Zu guter Letzt möchte ich Ihnen allen noch unsere Gastgeber des heutigen Abends vorstellen. Das ist Herr Wennehoff, seines Zeichens Gründer und Eigentümer des hiesigen Weinguts. Und neben ihm steht Herr Schöller. Er ist

Sommelier und kann Ihnen alle Fragen rund um den Wein beantworten.«

Ich wunderte mich gerade, dass der Name Schöller unter Weinexperten ziemlich häufig vorzukommen schien, als mir siedend heiß und brodelnd einfiel, was Sebastian mir erzählt hatte: Neben seinem Job im Weingroßhandel half er noch ab und zu auf einem Weingut in der Pfalz aus, wenn dort größere Veranstaltungen waren – beispielsweise Firmenevents.

Oh nein, bitte lass es nicht Sebastian sein, flehte ich still zu einer höheren Macht.

Insgeheim hatte ich mir zwar in den letzten Tagen schon gewünscht, ihn wiederzusehen, hatte sogar überlegt, abends ins *Grottenolm* zu gehen, um ihm »rein zufällig« über den Weg zu laufen. Aber ich war ganz bestimmt nicht scharf auf ein Wiedersehen mit ihm, wenn ich von sämtlichen Kollegen umringt war.

Doch die höhere Macht machte anscheinend gerade Pause, denn als ich mich – gut versteckt hinter Lina – vorsichtig umdrehte, erkannte ich Sebastian, der gerade noch ein paar Worte mit Zinkelmann wechselte.

Sofort tauchte ich hinter meiner Kollegin ab. Panisch überlegte ich, wie ich der unangenehmen Situation entkommen konnte. Einen plötzlichen Migräneanfall vortäuschen? Mich so an meiner Vorspeise verschlucken, dass ich beinahe erstickte und ins Krankenhaus gebracht werden musste? Einfach rausrennen und nach Hause fahren?

Ich schüttelte den Kopf. All das würde unweigerlich die Aufmerksamkeit der anderen auf mich ziehen – und natürlich auch Sebastians. Und genau das wollte ich ja gerade vermeiden.

Also beschloss ich, ganz normal mein Menü zu essen und mich dabei möglichst angeregt mit meinen Kollegen zu unterhalten. Je weniger ich durch merkwürdiges Verhalten aus der Masse herausstach, umso geringer war die Wahrscheinlichkeit, dass er mich entdeckte. In einem geeigneten Augenblick konnte ich mich dann ja unauffällig aus dem Staub machen.

Ich nickte nachdenklich. Ja, das war ein guter Plan, fand ich. Bis mir einfiel, dass ich mit Lina mitgefahren war und hier ohne eigenes Auto festsaß.

Als ich mich verzweifelt nach der Chefsekretärin umsah, stellte ich zwei Dinge fest:

Erstens zog sie Rolf gerade über meinen Kopf hinweg mit den Augen aus, was auf einen langen Abend schließen ließ.

Und zweitens kippte sie dabei munter das bereits dritte Glas Wein in sich hinein.

Ich seufzte. Das bedeutete wohl, dass ich lieber die Finger vom Alkohol lassen sollte, sonst würde keine von uns mehr zurückfahren können.

In diesem Moment war ich mir sicher, dass die höhere Macht nicht nur eine kleine Pause eingelegt, sondern sich endgültig von mir verabschiedet hatte. Wie sonst konnte es sein, dass sich die ganze Welt gegen mich verschwor?

Nur Sekunden später wurde ich in meiner Schlussfolgerung bestätigt.

Die Aufregung war mir anscheinend auf die Blase geschlagen, jedenfalls musste ich dringend zur Toilette. Ich schob meinen Stuhl nach hinten, stand auf – und sah Sebastian direkt ins Gesicht.

Er lächelte mich an. »Hallo Isabelle, schön, dass wir uns mal wieder sehen«, meinte er. Es klang unverfänglich.

Ich wunderte mich, dass er im Gegensatz zu mir überhaupt nicht erstaunt zu sein schien, dass wir uns hier begegneten. Doch plötzlich dämmerte es mir. Natürlich, ich hatte ihm an dem Abend im *Blue Moon* erzählt, wo ich arbeitete. Und selbstverständlich musste er gewusst haben, welche Firma auf dem Weingut eine Veranstaltung hatte.

Ich presste wütend die Lippen zusammen. Er hatte also wohl schon damit gerechnet, dass wir uns an diesem Abend über den Weg laufen würden, während ich dastand wie ein begossener Pudel mit Dauerwelle.

»Entschuldige, ich muss mal dringend wohin«, stieß ich ohne Begrüßung hervor und wand mich an ihm vorbei.

Als ich ein paar Minuten später von der Toilette zurückkam, stellte ich fest, dass ich in der Falle saß: Sebastian stand etwas abseits von der langen Tafel und beobachtete die Feiernden, hatte sich aber so hingestellt, dass ich unweigerlich an ihm vorbei gehen musste, um auf meinen Platz zurückzukehren.

Unschlüssig trat ich von einem Fuß auf den anderen. Ich überlegte mir gerade verzweifelt einen Ausweg, als mir ausgerechnet mein Chef zu Hilfe kam. Ohne es zu ahnen, versteht sich.

Plötzlich ertönte von der rechten Seite der langen, U-förmigen Tafel ein unterdrückter Schrei. Karin sprang auf und fing an zu husten und zu würgen. Ihre Augen quollen dermaßen aus den Höhlen, dass sie aussah wie ein Frosch auf Speed. Mit einem Mal würgte sie einen Schwall Rotwein hervor und verteilte ihn gleichmäßig auf der weißen Tischdecke und dem ebenso weißen Kleid von Emilia, ihrer direkten Vorgesetzten und momentanen Tischnachbarin.

»Würmer!«, keuchte Karin japsend, während das Gesicht ihrer Chefin eine ähnliche Farbe annahm wie ihr Kleid, inklusive der Rotweinflecken.

Alle Gespräche um sie herum waren verstummt. Die anderen Kollegen starrten Karin verständnislos an, und auch Sebastian war sichtlich verwirrt. Er war an sie herangetreten und versuchte zu helfen, doch sie wimmerte nur weiter von Würmern und Getier.

Schnell nutzte ich die Gelegenheit, um wieder zu meinem Platz zurückzukehren. Mir hatte ein einziger Blick genügt, um zu wissen, was passiert war, nämlich der auf meinen Chef. Zinkelmann saß auf seinem Stuhl und feixte in sich hinein. Es war nicht zu übersehen, dass er sich diebisch über seinen gelungenen Streich freute. Und ausnahmsweise war ich mit ihm einer Meinung.

Nicht nur, dass er mich vor einer ungewollten Begegnung mit Sebastian bewahrt hatte, diesmal hatte er mit seinen Scherzartikeln genau die richtigen zwei Opfer erwischt. Und es fiel mir schwer zu sagen, wer es mehr verdient hatte, Karin oder Emilia.

»Gut, dass das *Knallbonbon* keine Betriebsferien mehr hat, was?«, wisperte ich meinem Chef zu, als ich an ihm vorbeiging.

Er nickte eifrig.

»Wurmpillen«, erklärte er ungeniert. »Sind ganz kleine Kügelchen, und man kann sie in jedem Getränk verwenden. Die Würmer sehen täuschend echt aus.«

»Scheint so«, stimmte ich mit einem Seitenblick auf die immer noch nach Atem ringende Karin zu. »Und ausnahmsweise haben Sie heute meine volle Unterstützung.«

Wir tauschten noch einen verschwörerischen Blick, dann begab ich mich zurück an meinen Platz und setzte mich auf Linas Stuhl. Notgedrungen, denn sie hatte wohl die Entfernung zu ihrem Schwarm nicht mehr ausgehalten und war direkt neben Rolf gerutscht, der sich derweil ganz darauf konzentrierte, Linas Oberschenkel unter ihrem Rocksaum zu untersuchen.

»Lina, mach bloß keinen Unsinn«, raunte ich meiner Kollegin leise zu. Doch ihr entrückter Blick sagte mir, dass meine Warnung schon zu spät kam.

Kapitel 16

In der folgenden Zeit versuchte ich, sowohl Linas und Rolf Gefummel unter dem Tisch als auch Sebastians Anwesenheit zu ignorieren.

Zumindest Letzteres gelang mir nicht. Immer wieder trafen sich unsere Blicke. Und während ich darauf bedacht war, dem Blickkontakt jedes Mal schnell auszuweichen, blieb Sebastians Miene den ganzen Abend über unergründlich. Zum Glück wurde er ständig von Zinkelmann und mehreren meiner Kollegen umlagert, sodass er nicht dazu kam, mich noch einmal anzusprechen.

Je später es wurde, umso mehr meiner Kollegen verabschiedeten sich. Der verbleibende Rest, der sich selbst gern als »harter Kern« bezeichnete, wurde immer betrunkener und unausstehlicher.

Lina hatte inzwischen meinen Stuhl wieder freigemacht, indem sie noch einen Platz weitergerutscht war und jetzt wild knutschend auf Rolfs Schoß saß. Ich verdrehte die Augen, denn ich wusste genau, wie die Sache enden würde. Lina würde morgen verheult und mit einer riesigen Sonnenbrille getarnt durchs Büro laufen, während Rolf wieder über sie als die »Kuh mit dem fettesten Hintern der Firma« herziehen würde.

Aber ich konnte ihr nicht helfen. Anscheinend war sie nun einmal nicht lernfähig.

Um mir das Elend nicht länger ansehen zu müssen, beschloss ich, lieber ein bisschen vor die Tür zu gehen und frische Luft zu schnappen. Ich verließ das Weingut und lief ein Stück in die Weinberge hinein. Die Luft roch nach Heu und Sommer, und am liebsten hätte ich mich einfach in eine Decke gerollt und die Nacht im Freien verbracht.

Aber sicher nicht allein, raunte mir eine innere Stimme verführerisch zu.

»Verdammt«, murmelte ich. Es wurde Zeit, dass ich Sebastian endlich aus meinem Kopf bekam. Es schien fast so, als ob er sich ständig hineinbeamen konnte – gegen meinen Willen natürlich.

Und vor allem wurde es Zeit, nach Hause zu fahren.

Entschlossen stapfte ich zum Gut zurück. Auf dem Besucherparkplatz standen nur noch zwei Autos, Linas roter Fiat und ein dunkelblauer Audi.

Okay, dachte ich verwundert, anscheinend habe ich gerade den allgemeinen Aufbruch verpasst.

Ich beeilte mich, zurück in den Gastraum zu kommen. Lina wartete bestimmt schon ungeduldig auf mich. Wenn Rolf schon abgehauen war, hatte sie nichts mehr zu tun, und dann war sie eine der unausstehlichsten Personen, denen ich je begegnet war.

Doch als ich die Tafel erreichte, an der wir gesessen hatten, war niemand aus unserer Firma mehr da. Nur zwei der Bedienungen waren noch damit beschäftigt, Gläser, Servietten und leere Flaschen von den Tischen zu sammeln.

»Haben Sie gesehen, wo meine Kollegin hingegangen ist?«, fragte ich eine der Bedienungen. »Die etwas fülligere Blondine, die hier gesessen hat?« Ich deutete vage in Richtung meines Platzes.

»Ach die«, gab die Frau gedehnt zurück. Es entging mir nicht, dass sie einen vielsagenden Blick mit ihrer Kollegin tauschte. »Die ist mit dem Mann weggefahren, mit dem sie die ganze Zeit – äh – geredet hat.«

»Was?« Ich starrte sie entsetzt an. Das durfte doch nicht wahr sein! Ich ließ Lina nur ein paar Minuten aus den Augen, und schon dampfte sie ab, noch dazu ausgerechnet mit Rolf.

Grundsätzlich konnte sie ja tun, was sie wollte, aber wie sollte ich jetzt nach Hause kommen? Linas Auto stand zwar noch auf dem Parkplatz, aber ohne den Schlüssel nutzte mir das herzlich wenig. Für das Kurzschließen, wie man es in Filmen immer sah, fehlte mir nicht nur die kriminelle Energie, sondern auch der notwendige Sachverstand.

Ich überlegte einen Augenblick.

»Könnten Sie mir vielleicht ein Taxi rufen?«, bat ich dann die Frau schweren Herzens. Die Fahrt würde mich eine ganze Stange Geld kosten, das ich eigentlich nicht auszugeben bereit war, aber was sollte ich tun? »Ich muss irgendwie nach Hause kommen.«

»Ich kann dich mitnehmen. Wir haben doch fast den gleichen Weg«, bot Sebastian an, der unbemerkt hinter mich getreten war.

Unwillkürlich zuckte ich zusammen. Dann drehte ich mich langsam zu ihm um. Er sah mich mit seinen schönen blauen Augen an. Aber er lächelte nicht. In diesem Moment konnte ich nicht einmal erahnen, was in ihm vorging.

»Aber ...«, begann ich.

Doch die Bedienung ignorierte meinen Widerspruch einfach. »Dann ist ja alles klar«, flötete sie und verschwand mit ihrem vollgestellten Tablett in den Nebenraum.

»Mein Auto steht draußen vor dem Gut. Wenn du möchtest, können wir gleich los«, bot Sebastian an. Sein

Tonfall war genauso unergründlich wie sein Gesichtsausdruck.

»Äh – gut, ich bin soweit. Kein Problem.«

Mir passte es zwar überhaupt nicht, die nächste halbe Stunde allein mit Sebastian im Auto zu verbringen, aber ich sah ein, dass es sicher die beste Möglichkeit war, nach Hause zu kommen. Also folgte ich ihm auf den Parkplatz zu dem blauen Audi. Ganz gentlemanlike hielt er mir die Beifahrertür auf.

Während der Fahrt sprachen wir beide kaum ein Wort. Immer wieder blickte ich zu ihm hinüber, aber er schien entweder in Gedanken versunken zu sein oder er konzentrierte sich ganz aufs Fahren.

Ein paar Mal probierte ich mehr oder weniger geschickt, ein Gespräch in Gang zu bringen, scheiterte aber kläglich. Mehr als einsilbige Antworten waren meinem Fahrer nicht zu entlocken. Irgendwann stellte ich meine Versuche ein, lehnte den Kopf nach hinten an die Kopfstütze und wartete einfach ab, dass wir bei meiner Wohnung ankamen.

Es kam mir wie mehrere Stunden vor, bis wir endlich am Ziel waren. Sebastian hielt am Straßenrand vor meinem Haus und stellte den Motor ab, sah mich jedoch nicht an, sondern starrte strikt geradeaus.

»Ja, da wären wir dann also«, meinte ich und lächelte unsicher. »Danke fürs Mitnehmen. Ich weiß nicht, wie ich sonst nach Hause gekommen wäre.«

»Keine Ursache«, erwiderte er unverbindlich. Erst als ich den Sicherheitsgurt löste und Anstalten machte, aus dem Wagen auszusteigen, blickte Sebastian zu mir herüber.

»Ich hatte gehofft, du würdest mich anrufen«, sagte er so leise, dass ich es fast nicht verstand. Umso besser hörte ich jedoch den Vorwurf heraus, der in seiner Stimme mitschwang.

Ich fühlte mich so unbehaglich, dass ich verlegen auflachte. »Vielleicht hätte ich das tun sollen, aber ehrlich gesagt war mir der Abschluss des Abends so peinlich, dass ich es nicht fertiggebracht habe.«

Jetzt wirkte Sebastian ehrlich verwirrt. Er runzelte die Stirn. »Peinlich? Weil du ein bisschen zu viel getrunken hattest? Das braucht dir doch nicht peinlich zu sein.«

Ich wand mich verlegen. »Darum geht es ja auch gar nicht, zumindest nicht direkt. Ich kann mich zwar nicht mehr ganz genau an alles erinnern, aber das meiste weiß ich noch gut – oder besser gesagt: zu gut. Peinlich war, dass ich mich so an dich herangeschmissen habe.« Ich schluckte. »Und noch peinlicher war, dass du mich abgewiesen hast. Du hast mir ziemlich deutlich zu verstehen gegeben, dass du nicht an mir interessiert bist – als Frau, meine ich.«

»Nein!«

Sebastians Widerspruch kam so schnell und nachdrücklich, dass ich erschreckt zusammenzuckte.

»Nein«, wiederholte er leiser. »Das hast du völlig missverstanden. Ich hatte doch inzwischen mitbekommen, dass du viel mehr getrunken hattest, als gut für dich war. Ich habe mir sogar noch Vorwürfe gemacht, weil ich dir immer wieder alkoholische Cocktails geholt habe, anstatt auf alkoholfreie umzusteigen. Jedenfalls, so wie ich dich an dem Abend kennengelernt habe, bin ich davon ausgegangen, dass es nur am Alkohol lag, wie du dich benommen hast. Normalerweise hättest du mir doch nie so ein Angebot gemacht, wenn der Prosecco und die Cocktails nicht gewesen wären. Ich wollte deine Situation nicht ausnutzen, verstehst du? Ich wäre mir total schäbig vorgekommen.«

In meinem Gehirn rasten die Gedanken um die Wette. War ich einfach zu blöd, um zu verstehen, was wirklich passiert war? Konnte das sein? War das alles nur ein Missverständnis gewesen?

»Heißt das, wenn ich nüchtern gewesen wäre, wärst du geblieben?«, stammelte ich heiser.

Anstelle einer Antwort hob Sebastian mein Kinn leicht an, beugte sich zu mir herüber und küsste mich. Sanft und lange.

»Willst du jetzt auch noch, dass ich bleibe?«, fragte er leise, als sich unsere Lippen wieder voneinander gelöst hatten.

Ich konnte nicht antworten. Ich war einfach nicht in der Lage, auch nur ein einziges Wort herauszubringen.

Deshalb nickte ich nur.

Kapitel 17

Der erste schwache Lichtschimmer fiel durch das Fenster in mein Schlafzimmer, als ich am nächsten Morgen aufwachte. Einen Augenblick lang musste ich mich erst orientieren. Ich lag in meinem eigenen Bett, soviel stand fest. Aber trotzdem war irgendetwas anders. Vielleicht lag es daran, dass ich kein Nachthemd trug. Normalerweise schlief ich jedenfalls nicht nackt.

Vorsichtig drehte ich mich um – und sah direkt in Sebastians Gesicht. Zum Glück schlief er noch. Er lag auf der Seite, mir zugewandt, und seine braunen Haare waren völlig zerzaust.

Die Ereignisse des Abends zuvor fielen mir wieder ein. Nachdem wir uns im Auto geküsst hatten, waren wir zusammen hoch in meine Wohnung gegangen. Obwohl, von gehen konnte man eigentlich nicht wirklich sprechen, eher von taumeln, küssen, stolpern und umarmen. Wir hatten einfach nicht voneinander lassen können. Schon im Treppenhaus hatten wir begonnen, uns gegenseitig auszuziehen.

Ich stöhnte leise auf. Hoffentlich war keiner meiner Nachbarn auf die Idee gekommen, aus dem Türspion zu sehen. Das Schauspiel, das wir einem neugierigen Beobachter geboten hätten, wäre mir mehr als peinlich gewesen.

Oben angekommen hatte ich es kaum geschafft, die Wohnungstür aufzuschließen, doch diesmal hatte es nicht am Alkohol gelegen. Wie nach unserem Abend im *Blue Moon* hatte mir Sebastian einfach die Schlüssel aus der Hand genommen. In der Wohnung hatten wir uns wie zwei

Verhungernde aufeinandergestürzt. Später, bei der zweiten Runde, hatten wir es dann wesentlich sanfter und zärtlicher angehen lassen.

Das, was mich am meisten erschreckte, war aber die Zeit dazwischen gewesen: Eng aneinandergeschmiegt hatten wir einfach dagelegen, geredet und es genossen, mit dem anderen zusammen zu sein, seine Nähe zu spüren.

Ich merkte, dass Panik in mir aufstieg. Himmel, ich war im Begriff, mich ernsthaft zu verlieben. Nein, dachte ich, ich war schon längst verliebt.

Das war nicht gut. Das war *gar* nicht gut!

Ich sah noch einmal zu Sebastian, der immer noch fest schlief und nichts von meinem Gefühlschaos mitbekam. In diesem Augenblick war ich hin- und hergerissen, ob ich ihn einfach küssen oder ob ich flüchten sollte.

Ich entschied mich für Letzteres.

Nur war es gar nicht so einfach, sich nach einem One-Night-Stand aus dem Staub zu machen, wenn man sich zuhause befand. Da blieb nur eins übrig: frühe Überstunden. Ich würde zwar als Einzige um diese Zeit schon arbeiten, aber selbst das war tausend Mal besser, als hier zu sein.

Wie ein Dieb musste mich aus meiner eigenen Wohnung schleichen, ohne Sebastian aufzuwecken. Auf keinen Fall wollte ich mit ihm sprechen müssen, bevor ich mir selbst über meine Gefühle im Klaren war.

So leise wie möglich schlich ich ins Bad, duschte kurz und zog mir frische Sachen an. Ich war schon fast zur Tür raus, als mich doch der Anflug eines schlechten Gewissens überkam. Ich fragte mich, wie ich mich wohl fühlen würde, wenn ich allein in Sebastians Wohnung aufwachen würde und er wäre einfach ohne ein Wort gegangen. Die Antwort war denkbar einfach: bescheiden.

Also schnappte ich mir einen Zettel und einen Kuli von meiner Kommode und schrieb eine kurze Nachricht:

Hallo Sebastian,

ich musste leider schon weg. Du kannst Dir gern einen Kaffee machen, und im Kühlschrank findest Du bestimmt etwas fürs Frühstück.

Isabelle

Kurz hatte ich noch mit dem Gedanken gespielt, *fühl dich ganz wie zuhause* hinzuzusetzen, es aber zum Glück nicht getan. Dieser Satz wäre viel zu missverständlich gewesen.

Sicherheitshalber las ich mir die zwei Sätze noch ein paar Mal durch, entschied aber, dass sie unverfänglich genug waren. Nichts deutete auf meine Gefühle hin, die ich einfach nicht in den Griff bekam.

Ich hinterließ die Nachricht gut sichtbar auf dem Küchentisch und verließ die Wohnung. Mit einem leisen Klicken fiel die Wohnungstür hinter mir ins Schloss.

Während ich die Treppe hinunterlief, musste ich wieder an den gestrigen Abend denken, als wir zu zweit eben diese Treppe küssend und kichernd hochgetaumelt waren. Und wieder überkam mich die Panik.

Nach der Trennung von Paul hatte ich mir geschworen, nur noch mit Männern ins Bett zu gehen, die mir absolut nichts bedeuteten. Das schien mir viel unkomplizierter zu sein als die ganzen Beziehungsgeschichten, die sowieso immer nur in Frust, Ärger und Enttäuschung endeten.

Leider hatte ich ziemlich schnell festgestellt, dass ich überhaupt nicht der Typ für unverfängliche One-Night-Stands war. Also war mein Liebesleben in den letzten Monaten ungefähr so aufregend gewesen wie das einer Klosterschülerin auf einer einsamen Insel. Bis jetzt.

»Das hast du ja wieder perfekt hingekriegt. Schon beim ersten Kerl schmeißt du sämtliche Vorsätze über Bord«, murmelte ich mir selbst zu.

Ich war froh, als sich die Haustür hinter mir schloss.

Am Abend zuvor hatte sich alles so gut angefühlt, so *richtig*. Aber jetzt wollte ich nur noch eins: weg von hier, vor allem weg aus Sebastians Nähe, und zwar so schnell wie möglich.

Ich hatte mich in gewisser Weise geirrt. Ich war nicht die Einzige, die so früh schon am Arbeitsplatz auftauchte. Als ich im Büro ankam, stellte ich erstaunt fest, dass Lina schon vor mir angekommen war.

Allerdings würde ich wohl die Einzige bleiben, die so früh arbeitete, denn Lina saß wie erwartet mit großer Sonnenbrille und aufgequollenem Gesicht an ihrem Schreibtisch. Da sie immer noch das gleiche Kleid trug wie beim Sommerfest, ging ich davon aus, dass sie zwischendurch gar nicht zuhause gewesen war. Vermutlich hatte Rolf sie direkt vor die Tür gesetzt, nachdem er mit ihr seinen Spaß gehabt hatte. Vielleicht war er aber auch gnädig gewesen und hatte sie zumindest bis zum frühen Morgen beherbergt.

Mein Mitleid hielt sich allerdings in sehr überschaubaren Grenzen. Es war doch von vornherein klar gewesen, wie die Geschichte ausgehen würde.

»Hallo Lina, alles gut überstanden?«, erkundigte ich mich nicht gerade besonders freundlich. Ich hatte eigentlich keine Lust, ihren Liebeskummer auch noch mit ihr durchzukauen. Dazu war ich viel zu sehr mit meiner eigenen, sich im Aufruhr befindenden Gefühlswelt beschäftigt. Doch trotz meines nicht gerade einladenden Tonfalls begann sie sofort, sich bei mir auszuheulen.

»Rolf hat mich heute Morgen einfach weggeschickt«, schniefte sie. »Ich verstehe das nicht. Gestern hat er es kaum erwarten können, mich ins Bett zu kriegen, und heute will er mich plötzlich nicht mehr. Er hat mich nicht mal mit in die Firma genommen, weil er nicht mit mir gesehen werden wollte. Gestern war das doch auch kein Problem.«

»Ach, Lina.« Ich merkte, wie ich doch wieder weich wurde. Meine Kollegin war zwar unglaublich naiv, aber irgendwie konnte ich ihr das nicht vorwerfen. »Du kennst Rolf jetzt schon so lange. Du weißt doch, wie er ist. Er sammelt Bettgeschichten wie andere Schlumpffiguren oder getragene Unterhosen. Und glaubst du wirklich, aus einer gemeinsamen Nacht könnte plötzlich Liebe werden?«

Na ja, gestand ich mir ein, gestern Nacht war ich auch gar nicht so weit entfernt davon, etwas Ähnliches zu glauben.

Ich nestelte an meiner Tasche herum und zog ein sauberes Taschentuch hervor, das ich der Chefsekretärin reichte.

»Vielleicht suchst du dir einfach die falschen Kerle aus«, sinnierte ich, während sich Lina geräuschvoll die Nase putzte. »Versuch doch mal, mehr auf die inneren Werte zu achten.«

Wow, ich, die absolute Expertin in Sachen Liebeschaos, versuchte anderen gute Ratschläge zu geben. Dabei konnte ich doch eigentlich allenfalls als abschreckendes Beispiel dienen.

Lina hob ihre Sonnenbrille ein Stück hoch und legte dabei ihre rot geheulten Augen frei. »Aber innere Werte kann ich nicht sehen«, meinte sie trotzig. »Wie soll ich sie dann erkennen?«

Ich zuckte entnervt die Achseln und wandte mich zum Gehen. Der Frau war eindeutig nicht mehr zu helfen.

Mit einem mulmigen Gefühl schloss ich am späten Nachmittag die Tür zu meiner Wohnung auf. Obwohl ich mich sonst jeden Freitag auf die Mails von Lily gefreut hatte, schienen sie mir jetzt nur nebensächlich zu sein. Auch die ausgesetzten Bücher in der S-Bahn hatten mich heute zum ersten Mal nicht interessiert. Die ganze Zeit hatte mich nur ein Gedanke beschäftigt: Hoffentlich hatte mir Sebastian mein frühes Davonschleichen am Morgen nicht übel genommen.

Vorsichtig warf ich einen Blick in den Wohnungsflur. Er war nicht verwüstet. Und auch der Ersatzschlüssel zur Wohnungstür hing genau an dem Haken, an den er gehörte. Nicht, dass ich Sebastian etwas Schlechtes zugetraut hätte, aber man wusste ja nie.

Ich sah auch kurz ins Schlafzimmer. Es war leer, die Bettdecke war flüchtig zurückgeschlagen. Ich war gleichzeitig erleichtert und enttäuscht, musste dann aber selbst über mich kichern. Was hatte ich denn erwartet? Dass Sebastian noch immer in meinem Bett lag, ein großes rotes Pappherz über sich drapiert hatte und sehnsüchtig auf meine Heimkehr wartete?

In der Küche auf dem Tisch lag immer noch der Zettel, den ich am Morgen geschrieben hatte. Ich sah sofort, dass meine Nachricht um ein paar Zeilen ergänzt worden war.

Schade, dass wir uns nicht mehr gesehen haben. Ich hoffe, du hast gut geschlafen. Und danke für den Kaffee. Darunter prangte ein Smiley mit Ohren.

Wieder mischten sich bei mir Erleichterung und Enttäuschung. Sebastians Text war genauso unverfänglich wie meiner. Und obwohl mir das eigentlich sehr recht war, wünschte ein Teil von mir doch, dass es anders gewesen wär.

Erst als ich den Zettel aufhob und wegwerfen wollte, sah ich, dass auch auf der Rückseite etwas stand. Es war eine Handynummer. Und darunter stand:

Bitte ruf mich an (diesmal wirklich!)

Ich möchte dich heute Abend wiedersehen. Es gibt da ein paar Dinge, die wir unbedingt klären sollten.

Kapitel 18

Fassungslos starrte ich auf den Zettel in meiner Hand. Okay, das mit der Unverfänglichkeit hatte sich wohl schlagartig erledigt. Ich konnte mir schon denken, worüber Sebastian mit mir sprechen wollte. Offenbar war er ebenso wenig der One-Night-Stand-Typ wie ich.

Das Problem war nur, dass ich zwar wusste, dass ich ihn anrufen musste, aber dass ich keine Ahnung hatte, ob ich zu solch einem Gespräch überhaupt schon bereit war.

Ich beschloss, mir eine kurze Schonfrist zu geben und erst einmal nach meinen E-Mails zu sehen. Wie erwartet war die von Lily schon da.

Na, Herausforderung gepackt?, lautete der knappe Text.

Ich lächelte. Lilys erfrischende Art tat mir einfach immer gut.

Ich denke schon, schrieb ich zurück. Etwas ausführlicher erzählte ich von meiner Flohmarkt-Aktion und natürlich von deren unerwartetem Ende.

Dein Ex hat dir wirklich das Bild wieder vor die Tür gestellt?, kam Lilys umgehende Antwort. *Das ist echt krass. Bist du sicher, dass er mit dir Schluss gemacht hat und nicht umgekehrt? Für mich hört sich das eher so an, als würdest du ihm noch ganz schön viel bedeuten.*

Ich überlegte mir meine Worte genau.

Das glaube ich nicht. Ich denke, da spielt eher ein verletztes männliches Ego eine Rolle :-)

Ehrlich gesagt war ich mir da selbst nicht mehr so sicher. Eigentlich war das aber auch gleichgültig. Wenn ich zurzeit an einen Mann denken musste, dann bestimmt nicht an Paul. Das würde ich Lily aber mit Sicherheit nicht mitteilen. Es war einfach zu privat.

Wie war es bei dir mit der Wochenaufgabe?, wechselte ich das Thema. *Hast du sie gelöst?*

Ich ging kurz in die Küche, um mir meinen obligatorischen Milchkaffee zu holen. Als ich zurückkam, wurde schon Lilys Antwort angezeigt.

Das zu entscheiden, überlasse ich dir, schrieb sie.

Es ist eine etwas längere Geschichte. Dabei geht es um meinen Opa. Ich war als Kind oft bei ihm. Meine Oma war damals schon gestorben, und er nahm sich immer ganz viel Zeit für mich. Ich glaube, mit seinen anderen Enkeln hatte er lange nicht so viel zu tun wie mit mir. Als ich siebzehn war, ist er dann leider gestorben. Ich war natürlich sehr traurig, aber als meine Eltern mir gesagt haben, dass er mir etwas vererbt hat, war ich ganz aufgeregt. Ich habe gehofft, dass es etwas wirklich Tolles ist, etwas, das mich an die Zeit mit ihm erinnert.

Du glaubst gar nicht, wie enttäuscht ich war, als ich gehört habe, dass es seine Briefmarkensammlung ist. Ausgerechnet die habe ich nämlich immer gehasst, weil er manchmal zuerst keine Zeit für mich hatte, wenn ich hinkam und er gerade noch über diesen blöden Briefmarken saß. Er hat dann immer gelacht und gesagt, für ihn wäre das Sortieren der Marken wie ein Geduldsspiel.

Irgendwie hatte ich immer das Gefühl, dass er mich mit diesem Erbe verarschen wollte. Also, um es kurz zu machen: Für mich war diese Briefmarkensammlung eine unangenehme Erinnerung, die die schöne Zeit mit meinem Opa überschattet hat. Deshalb habe ich beschlossen, sie zu verkaufen.

Ich bin dann letzte Woche zu so einem Händler – einem Philatelisten, wusstest du, dass die sich selbst so bezeichnen? Ich nicht! – hingegangen und habe gefragt, wie viel er mir für die Sammlung geben würde. Und plötzlich ist der Kerl total nervös geworden, hat ganz zittrig in den Alben rumgefingert und irgendwas von fünfhundert Euro gebrabbelt. Aber mir war gleich klar, dass der mich über den Tisch ziehen will, so wie der sich benommen hat. Also habe ich mich bei einem neutralen Gutachter schlaugemacht, und der hat festgestellt, dass die Marken auf jeden Fall einen fünfstelligen Betrag wert sind! Vielleicht kannst du dir vorstellen, wie entsetzt ich war. Ich war sauer auf meinen Opa wegen des Erbes, dabei hat er mir das Wertvollste vermacht, was er besessen hat.

Ich muss zugeben, dass ich es dann nicht mehr übers Herz gebracht habe, die Sammlung wirklich zu verkaufen, aber ich habe eine unangenehme Erinnerung durch eine sehr schöne ersetzt.

An den Gutachter habe ich dann noch für einen symbolischen Betrag von einem Euro eine Marke verkauft, die doppelt in der Sammlung war. Du siehst, es ist also sogar Geld geflossen, wie du es als Bedingung genannt hattest.

Ich lächelte gerührt, als ich Lilys Mail gelesen hatte. Natürlich war mir sofort klar, wie ich entscheiden würde.

Du glaubst doch nicht, dass ich dir das übel nehmen könnte? Für mich gilt die Aufgabe selbstverständlich als erfüllt. Das heißt, es wird Zeit für die neue Wochenaufgabe.

Also, wie sieht es aus? Wie lautet die neue Herausforderung?

Ich wollte gerade einen Schluck Kaffee trinken, während ich auf die Antwort wartete, überlegte es mir aber schnell anders. Bei Lily wusste man nie, was kam. Und ich wollte nicht vor Lachen den ganzen Kaffee über meinen Schreibtisch spucken.

Es war eine gute Entscheidung, wie sich kurz darauf herausstellte. Zum Lachen war mir zwar nicht zumute, doch ich hätte mich vor Entsetzen bestimmt verschluckt, als ich Lilys nächste Nachricht las.

Ich habe mir überlegt, dass es langsam Zeit wird, den Kinderkram hinter uns zu lassen. Deshalb habe ich mir für diese Woche eine ganz besondere Aufgabe ausgedacht. Sie lautet: Überwinde deine größte Angst.

Einverstanden?

Ich schluckte. Ich musste nicht lange überlegen, worum es bei mir da nur gehen konnte. Ich hatte unglaubliche Höhenangst. Und die zu überwinden, war mit Sicherheit eine Mammutaufgabe.

Trotzdem entschied ich mich, nicht so einfach aufzugeben. Ich nahm mir fest vor, es wenigstens zu versuchen, auch wenn ich von der Vorstellung, mich mehr als fünfzig Zentimeter über dem Erdboden zu befinden, alles andere als begeistert war. Also schickte ich Lily ein kurzes *Okay* zurück, bevor ich den PC ausschaltete.

Zuerst aber musste ich mich zu etwas anderem überwinden. Ich musste Sebastian anrufen.

Nervös wählte ich die Nummer, die er auf dem Zettel notiert hatte, und wartete. Viermal ertönte das Freizeichen, bis er sich meldete. Beim Klang seiner Stimme wurde ich noch hibbeliger.

»Hi, hier ist Isabelle«, brachte ich krächzend hervor.

Sebastian dagegen schien die Ruhe in Person zu sein. »Du kannst es also doch«, meinte er knapp.

Ich war verwirrt. »Äh – was?«

»Telefonieren«, lachte er. »Ich war mir nicht ganz sicher, weil du ja am letzten Donnerstag ...«

»Jaja«, unterbrach ich ihn ungeduldig. »Ich verstehe schon.«

»Hey, war doch nur Spaß. Und ich freue mich, dass du anrufst. Wirklich. Ich war ein bisschen überrascht, dass du heute Morgen schon weg warst, als ich aufgewacht bin. Übrigens hat dein Kaffee echt gut geschmeckt.«

»Ich hatte wahnsinnig viel zu tun«, behauptete ich schlicht.

»Kein Problem. Aber jetzt hast du Feierabend, oder? Ich würde dich gern sehen. Ich bin die ganze nächste Woche nicht da, deshalb wäre jetzt erst mal die letzte Gelegenheit dazu.«

Ich schloss kurz die Augen und holte tief Luft. Ich hatte eigentlich vorgehabt, ihm eine Ausrede aufzutischen. Einen wichtigen geschäftlichen Termin, eine Familienfeier oder meinetwegen auch eine Audienz beim Papst. Irgendetwas, das ich auf keinen Fall absagen oder verschieben konnte. Aber ich brachte es einfach nicht fertig, ihn anzulügen.

»Sebastian«, begann ich zögernd. »Ich weiß nicht, wie ich es dir sagen soll ...«

Ich brach ab und biss mir nervös auf die Unterlippe.

»Sag es einfach«, gab Sebastian kühl zurück.

»Gut, ich versuch's.« Wieder atmete ich einmal tief durch, bevor ich zu erklären begann: »Ich mag dich wirklich. Es ist nur so, dass ich mir nicht sicher bin, ob ich schon bereit bin für etwas Festes.«

Eine Weile herrschte Schweigen am anderen Ende der Leitung. Dann fragte Sebastian: »Heißt das, du willst dich nicht mit mir treffen?«

»Nein, das heißt es nicht. Ich würde dich wirklich gern sehen«, versicherte ich schnell. »Ich will nur nicht, dass du von falschen Voraussetzungen ausgehst.«

Er lachte sarkastisch auf. »Ich verstehe schon. Statt eines Genickschusses gibt es für mich also nur einen Schuss ins Knie, ja?«

»Verdammt, jetzt mach es mir doch nicht so schwer«, flehte ich.

»Entschuldige, war nur ein bisschen Galgenhumor.« Seine Stimme klang schon wieder etwas lockerer. »Wenn du noch Zeit brauchst, ist das völlig okay. Ich hole dich in ungefähr einer Stunde zum Essen ab, in Ordnung? Und wer weiß, vielleicht schaffe ich es ja doch noch, dich davon zu überzeugen, dass etwas Festes genau das Richtige für dich ist.«

Kapitel 19

Gleich am nächsten Morgen machte ich mich an die Bewältigung der neuen Herausforderung.

Es war eine ziemlich harte Nuss, die Lily mir da zu knacken gegeben hatte, mindestens eine Kokosnuss, wenn nicht sogar eine Macadamia. Allein die Vorstellung, von oben in die Tiefe zu blicken, brachte mich ins Schwitzen.

Ich zwang mich, an etwas Schönes zu denken. Der gestrige Abend bot sich da geradezu an. Sebastian hatte mich zum Essen abgeholt, danach waren wir ins Kino und anschließend noch einen Cocktail trinken gegangen.

Allerdings war keiner von uns besonders darauf scharf gewesen, noch einmal das *Blue Moon* zu betreten. Stattdessen hatten wir uns eine gemütliche kleine Altstadtkneipe ausgesucht.

Erstaunlicherweise war es uns gelungen, ziemlich unbefangen miteinander umzugehen, auch wenn ich manchmal das dringende Bedürfnis verspürt hatte, seine Hand zu berühren oder mich einfach ein bisschen anzulehnen. Unter Aufbringung all meiner Willenskraft hatte ich es geschafft, mich zu beherrschen. Ich hätte ja auch schlecht von Sebastian verlangen können, dass er rein freundschaftlich mit mir umging, nur um dann meinerseits an ihm herumzufummeln. Und er war tatsächlich den ganzen Abend über standhaft geblieben. Selbst beim Abschied hatte er nicht versucht, mich zu küssen.

So ganz hatte mir das allerdings auch nicht gepasst.

Mit dem Gedanken an die angenehmen Stunden, die wir gemeinsam verbracht hatten, tröstete ich mich, als ich mit der Bergbahn hoch zum Heidelberger Schloss fuhr.

Ich hatte von einem Schulausflug noch gut in Erinnerung, dass es dort unzählige Mauern gab, hinter denen es steil nach unten ging. Genau das war auch der Grund, warum ich seitdem nicht mehr dort gewesen war. Aber jetzt würde ich mich endlich überwinden. Das Schloss war genau der richtige Ort, um mich langsam an die Höhe heranzutasten. Dachte ich zumindest.

Doch schon, als es mit der Bahn ungewohnt steil nach oben ging, überkamen mich erste Zweifel, und als ich am Schloss angekommen war, erschien mir mein Vorhaben fast unmöglich.

Eine ganze Weile lief ich unschlüssig am Schloss auf und ab – natürlich immer in respektvollem Abstand zu allen Mauern, hinter denen die Tiefe plötzlich auf mich lauern könnte. Doch irgendwann zwang ich mich, mein Vorhaben endlich anzugehen.

Mit schlotternden Knien näherte ich mich einem kleinen Türmchen in der Schlossmauer, aus dem man durch mehrere scheibenlose Fenster direkt nach unten sehen konnte. Schritt für Schritt trat ich weiter an die bedrohliche Tiefe heran, wobei mir jeder Schritt schwerer fiel als der vorige.

Plötzlich trat ein japanisches Pärchen auf mich zu. Die Frau hatte eine Kamera in der Hand. Beide sprachen in gebrochenem Englisch auf mich ein und gestikulierten wild. Es war klar, was sie von mir wollten: das obligatorische *Ich-war-da!*-Beweisfoto. Ich sollte sie zusammen vor der imposanten und weltbekannten Kulisse fotografieren.

Doch Ablenkung konnte ich gar nicht gebrauchen. Nicht jetzt, wo ich schon so weit gekommen war. Ich brauchte jetzt jedes Fünkchen Konzentration, das ich zusammenklauben konnte.

Mit einer herrischen Geste brachte ich die beiden zum Schweigen. Nur aus den Augenwinkeln sah ich, dass sie sich einen fragenden Blick zuwarfen, die Achseln zuckten und dann gespannt beobachteten, was ich da eigentlich machte.

Bevor ich ganz an das Fenster im Türmchen herantrat, hielt ich kurz inne, holte tief Luft und schloss für ein paar Sekunden die Augen. Dann machte ich den entscheidenden Schritt, beugte mich leicht aus dem Fenster.

Ich hatte mit allem gerechnet, mit Schwindel, Übelkeit. Sogar eine Ohnmacht oder einen Schreikrampf hatte ich in Betracht gezogen, doch es passierte – nichts! Ich sah einfach nach unten. Ein bisschen schummrig wurde mir schon, aber das kannte ich aus meiner Kindheit, das lag an der ungewohnten Perspektive.

Ich konnte selbst kaum fassen, dass ich es geschafft hatte.

Plötzlich fiel alle Anspannung von mir ab. Ich lehnte mich an die Wand neben dem Fenster und ließ mich erschöpft nach unten rutschen, bis ich auf dem Steinboden saß. Das japanische Pärchen, das alle meine Bewegungen gespannt verfolgt hatte, begann plötzlich zu lachen und mir zuzujubeln. Anscheinend hatten sie ganz genau verstanden, was gerade passiert war. Ich lächelte ihnen zu und deutete eine kleine Verbeugung an.

Sie revanchierten sich ihrerseits, indem sie ein Foto von mir machten.

Nachdem ich mich einigermaßen von der Anstrengung erholt hatte, machte ich das gesamte Schlossgelände unsicher. Zu jeder Mauer rannte ich hin, nur um mich hinüberzulehnen und nach unten zu sehen.

Dass ich dabei mehr als nur einen irritierten Blick erntete, war mir völlig egal. Ich war so begeistert von mir selbst, dass ich jeden Touristen am Schloss hätte umarmen und küssen können.

Nach einer Weile machte ich mich auf den Heimweg. Ich war immer noch in absoluter Hochstimmung. Lilys Herausforderung hatte ich mit Bravour gemeistert, was sollte mich da noch schocken können?

Vielleicht der Hängekorb eines Fensterputzers, überlegte ich, als ich vor ebensolchem zum Stehen kam. Der Korb war mit starken Haken außen an der Glasfassade eines mehrstöckigen Bürogebäudes befestigt. Noch stand er unten an der Straße, aber der Fensterputzer, ein junger Typ mit südländischem Aussehen und Dreitagebart, machte sich gerade für seinen Job fertig, während er mit kräftigen Kaubewegungen einen Kaugummi malträtierte.

Spontan sprach ich ihn an.

»Entschuldige, darf ich dich mal was fragen?«

Er drehte sich zu mir um. »Ja?«

»Kannst du mir einen riesigen Gefallen tun? Es geht um eine Wette, die ich unbedingt gewinnen möchte. Würdest du mich in deinem Korb mit nach oben nehmen? Nur ganz kurz!« Ich setzte mein charmantestes Lächeln ein.

Er sah mich an, als habe ich ihn gebeten, auf einer Kuh drei Mal um den Block zu reiten. Doch schließlich willigte er ein.

»Meinetwegen. Aber echt nur kurz.« Dann grinste er plötzlich. »Oder du bleibst einfach ein bisschen länger und hilfst mir ein bisschen beim Putzen.«

»Äh – nein«, gab ich zurück. »Aber trotzdem danke für das Angebot.«

Trotz meiner Dreistigkeit hielt er mir bereitwillig die Einstiegsklappe für den Korb auf. Ich schlüpfte hinein.

Doch während ich mich auf der Straße noch vollkommen siegessicher gefühlt hatte, schrumpfte meine Zuversicht sofort, als ich merkte, wie wackelig die Vorrichtung war.

»Aber nicht so schnell, okay?«, bat ich kleinlaut und fügte erklärend hinzu: »Ich hatte nämlich bis heute Morgen noch Höhenangst.«

Am Blick des Fensterputzers konnte ich deutlich erkennen, dass er mich spätestens jetzt für nicht mehr ganz zurechnungsfähig hielt, aber immerhin warf er mich nicht raus. Als er den Knopf zum Aufwärtsfahren drückte, setzte sich der Korb ruckelnd in Bewegung.

Ich spürte, wie meine Beine zu zittern begannen. Krampfhaft hielt ich mich am Rand des Korbs fest und vermied es, den Blick auf die Straße zu richten, die sich immer weiter entfernte.

Als wir ungefähr auf Höhe des zweiten Stockwerks ankamen, passierte es: Plötzlich sah ich es wieder vor mir, den in die Tiefe stürzenden Körper, die in der Luft wehenden Haare. Mir wurde übel.

»Bitte, lass mich sofort runter«, japste ich atemlos. »Ich muss hier raus!«

Doch der Fensterputzer dachte gar nicht daran, meiner Bitte nachzukommen. Er grinste mich hämisch an. »Ach was, jetzt schaffen wir's auch bis ganz oben.« Lässig legte er seinen Arm um meine Schulter. »Ich bin ja bei dir.«

»Lass mich sofort runter!«, schrie ich in Panik. Ich griff nach der Steuerung für den Korb, aber der Kerl hielt sie so, dass ich nicht hinkam. Dabei lachte er laut auf.

Ich sah keinen Ausweg mehr. Ich drehte meinen Kopf zu seiner Hand, die immer noch locker über meiner Schulter hing – und biss mit aller Kraft hinein.

Sofort stieß der Fensterputzer mich von sich weg, sodass ich gegen den hinteren Rand des Korbs prallte. Dann starrte er mich hasserfüllt an.

»Was soll denn das? Du verdammte Schlampe!«

Einen Moment lang befürchtete ich, er würde sich auf mich stürzen und mich verprügeln oder aber mich einfach aus dem Korb werfen. Doch er hielt sich nur wehleidig seine Hand und jammerte vor sich hin.

Immerhin hatte ich erreicht, dass der Korb nun wieder nach unten fuhr.

Wir waren noch nicht am Boden angekommen, als ich allen Mut zusammennahm, mich über den Rand schwang und auf die Straße sprang. Mit einem Mal fühlte ich mich leicht und gelöst. Seltsamerweise hatte sich meine Angst genau in dem Augenblick verflüchtigt, als er mich geschubst hatte.

Nachdem ich einen Sicherheitsabstand von ein paar Metern zwischen uns gebracht hatte, drehte ich mich noch einmal zu ihm um. Sein düsterer Blick erinnerte fatal an Hassos Herrchen, als sein Hund meinen Apfelkuchen verspeist hatte.

»Ich danke dir«, rief ich ihm zu. »Ich glaube, du hast mich endgültig kuriert.«

Kapitel 20

LOL!, war Lilys erster Kommentar, als ich ihr am folgenden Freitag meine Erlebnisse geschildert hatte. *Hoffentlich hat dieser Typ jetzt keine Höhenangst bekommen, wo doch sein Ego in unergründliche Tiefen gestürzt worden ist.*

Jedenfalls freue ich mich für dich, dass es geklappt hat. Übrigens kannst du dich für mich auch freuen. Ich habe meine größte Angst nämlich auch überwunden. Und zum Glück musste ich dafür niemanden beißen.

Dabei bestand durchaus die Gefahr, dass ich gebissen werde. Mein größtes Problem sind nämlich Spinnen. Vor denen hatte ich bisher eine unglaubliche und unerklärbare Angst. Selbst wenn nur eine Spinne in Ameisengröße in meinem Zimmer war, bin ich schon schreiend rausgerannt. Deshalb wollte ich auch unbedingt etwas dagegen tun. Mir war klar, dass es wohl nur helfen würde, wenn ich mich direkt mit den Viechern konfrontieren würde. Zuerst habe ich an einen Zoo oder Tierpark gedacht, in dem ich den Tieren näherkommen könnte. Dort die Abteilung für Spinnen überhaupt nur zu betreten, hätte für mich schon eine Herausforderung bedeutet. Aber da wäre ja immer noch eine Glaswand zwischen mir und der Spinne gewesen.

Also habe ich in der Zeitung nach Kleinanzeigen geschaut. Da sind ja manchmal welche drin von Leuten, die Spinnen als Haustiere züchten und verkaufen. Ich habe auch tatsächlich eine Anzeige gefunden. Und ich habe mich sogar überwunden, dort anzurufen.

Zuerst wollte ich so tun, als würde ich Spinnen kaufen wollen, aber der Typ, mit dem ich geredet habe, war am Telefon so sympathisch, dass ich ihm doch die Wahrheit gesagt habe. Ich war ganz überrascht, als er mich spontan zu sich eingeladen hat, um mir seine Tiere zu zeigen. Er hat gemeint, ich müsste mich nur mal näher mit ihnen beschäftigen, dann würde ich meine Angst von ganz allein verlieren.

Als ich das gemacht habe, habe ich allerdings erst einmal einen ziemlichen Schrecken gekriegt. Nicht wegen der Spinnen, auf die war ich ja vorbereitet, sondern wegen des Typs, mit dem ich telefoniert habe. Alex – so heißt er – hat nämlich nicht nur eine halbe Tonne Piercings im Gesicht, sondern auch beide Arme über und über mit Spinnen tätowiert. Und sogar im Nacken hat er ein Spinnen-Tattoo.

Mir war jedenfalls ganz schön mulmig zumute, als ich mit in seine Wohnung gegangen bin und er mir seine Terrarien gezeigt hat. Aber es hat sich wirklich gelohnt. Alex hat mir ganz viel über die Tiere erklärt, und zum Schluss habe ich es sogar geschafft, eine Vogelspinne zu streicheln. Die haben ein richtiges Fell!

Okay, ich gebe zu, es war nur ganz kurz, und auf die Hand nehmen wollte ich sie auch nicht, aber für mich war das trotzdem eine richtige Sensation. Und ich muss zugeben, dass ich Alex trotz seiner Tattoos echt nett finde. Wir haben uns jetzt schon zwei Mal getroffen, und ich könnte mir schon vorstellen, dass da eine richtig gute Freundschaft draus wird.

Und wo wir gerade beim Thema Männer wären: Hast du deinen Sebastian eigentlich inzwischen angerufen?

Meinen Sebastian? Ich verzog das Gesicht. So würde ich ihn nicht unbedingt nennen. Knapp berichtete ich Lily von unserem Sommerfest, auf dem ich Sebastian zufällig wiedergetroffen hatte, verschwieg ihr aber die gemeinsame Nacht mit ihm. Dafür war sie mir noch nicht vertraut genug. Immerhin erzählte ich noch, dass er gerade auf einem

Seminar in Italien war, wir aber jeden Abend telefonierten – rein freundschaftlich natürlich.

Dann hat euch das Schicksal also tatsächlich zusammengeführt, was ;-) ?, schrieb sie zurück. *Und was die Freundschaft angeht: Ich kenne niemanden, der jeden Abend mit einem guten Kumpel telefoniert, aber das ist natürlich allein eure Sache. Da mische ich mich bestimmt nicht ein.*

Deshalb Themenwechsel: Hast du dir schon die neue Aufgabe für diese Woche überlegt?

Ich ignorierte ihre kleine Stichelei, nickte jedoch nachdenklich wegen der Aufgabe. Selbstverständlich hatte ich mir schon meine Gedanken darüber gemacht. Ich hatte mir auch eine außergewöhnliche Herausforderung überlegt, ich war mir nur nicht sicher, ob ich es wagen sollte, sie auch wirklich zu stellen.

Natürlich hatte ich dabei wieder Hintergedanken gehabt. Nachdem das mit der Höhenangst so gut geklappt hatte (den Vorfall mit dem Fensterputzer sah ich inzwischen als amüsante Anekdote an), gab es da noch etwas, wobei mir der Ansporn unserer Wette vielleicht einen guten Dienst erweisen konnte.

Es war etwas für mich sehr Wichtiges, sehr Heikles, sozusagen eine besondere Herzensangelegenheit. Doch ich wusste nicht, ob ich auch den Mut haben würde, mein Vorhaben wirklich in die Tat umzusetzen.

»Jetzt oder nie«, feuerte ich mich selbst an.

Das habe ich, tippte ich schließlich mit einem mulmigen Gefühl. *Du hast die Zügel mit der letzten Herausforderung ganz schön angezogen, aber ich setze jetzt bestimmt noch einen drauf. Und ich hoffe, dass ich weder dich noch mich selbst damit überfordere.*

Die neue Aufgabe lautet: Mache einen großen Fehler aus deiner Vergangenheit wieder gut.

Ich zögerte eine Weile, während der Mauszeiger bewegungslos über dem *Senden*-Button schwebte. Aber dann presste ich die Lippen zusammen und schickte die Mail ab.

Auch Lilys Antwort kam deutlich später als sonst.

Oops, das ist wirklich ein harter Brocken. Du hast ja keine Ahnung, wie viele Fehler ich in meinem Leben schon gemacht habe. Ich habe also sozusagen die freie Auswahl. Aber du hast recht. Ich finde bestimmt etwas, was ich unbedingt wieder gutmachen muss.

Und eines muss ich dir noch sagen: Ich bin wirklich froh, dass wir uns kennengelernt haben, und ich freue mich schon drauf, wenn wir uns irgendwann mal persönlich treffen.

Ich auch, dachte ich, als ich Lilys Zeilen gelesen hatte.

Und ich war mir ganz sicher, dass ich das, was ich als Nächstes vorhatte, ohne sie nie gemacht hätte.

Kapitel 21

Noch am gleichen Abend machte ich mich auf den Weg nach Ladenburg. Ich wollte mein Vorhaben nicht länger aufschieben, damit mich nicht auf halbem Weg der Mut verließ.

Während ich im Auto saß, dachte ich noch einmal über die Wochenaufgabe nach.

Das ist wirklich ein harter Brocken, hatte Lily geschrieben. Ich fragte mich, ob sie auch nur eine Ahnung hatte, wie richtig sie damit lag.

Eigentlich hatte ich vorgehabt, die Herausforderung anders zu formulieren. *Mache deinen größten Fehler wieder gut*, hatte ich eigentlich schreiben wollen. Doch mir war sehr schnell klar geworden, dass ich das nicht konnte. Meinen größten Fehler würde ich nie wieder gutmachen können, und vielleicht ging es Lily genauso.

Aber vielleicht kann ich wenigstens den zweitgrößten Fehler wieder gutmachen, ging es mir durch den Kopf, als ich vor dem kleinen Reihenhäuschen am Stadtrand hielt. Ich stellte den Motor meines Wagens aus, blieb aber noch eine Weile sitzen und starrte zu dem Haus hinüber.

Hier wohnte Mona jetzt also. Ich hatte die Adresse aus dem Telefonbuch herausgesucht. Dabei war ich nicht mal sicher gewesen, ob meine ehemals beste Freundin immer noch in der Region wohnte oder schon lange weggezogen war.

Früher einmal waren wir unzertrennlich gewesen. Wir kannten uns schon aus dem Kindergarten und waren von der ersten Klasse an gemeinsam zur Schule gegangen. Die »siamesischen Zwillinge« hatte mein Vater uns immer genannt, weil wir eigentlich nie etwas ohne den anderen unternommen hatten. Bis zu diesem schicksalhaften Abend vor zehn Jahren. Dem Abend, der alles verändert hatte.

Fest umklammerte ich das Lenkrad. »Du schaffst das«, flüsterte ich mir selbst Mut zu. Doch auch als ich aus dem Auto stieg und auf das Haus zuging, war ich mir alles andere als sicher.

Ein melodischer Dreiklang ertönte, als ich auf den Klingelknopf drückte. Ich wunderte mich noch, dass die Klingel mit zwei Namen beschriftet war, Mona Karnstein und Tobias Baumeister, wurde aber durch das Öffnen der Tür aus meinen Gedanken gerissen.

Der Mann, der mich freundlich lächelnd ansah, war groß, schlank, braun gebrannt und ausgesprochen attraktiv. Seine grünen Augen blitzten belustigt, wahrscheinlich, weil ich ihn anstarrte wie ein Alien mit drei Antennen auf dem Kopf.

»Kann ich dir irgendwie weiterhelfen?«, fragte er nach einer Weile.

»Hallo«, stammelte ich. »Ich – äh – ich wollte eigentlich zu Mona.« Auf die Idee, mich vorzustellen, kam ich in diesem Moment gar nicht.

»Klar, komm doch rein.« Der Mann, der wahrscheinlich Tobias war, machte eine einladende Geste.

»Schatz, hier ist Besuch für dich«, rief er über die Schulter. Wieder an mich gewandt sagte er: »Mona kommt gleich. Ich muss dich leider so lange allein lassen, sonst brennt mir das Essen an.«

Ich musste nicht lange warten. Schon kurz nachdem er mich in dem kleinen Hausflur allein gelassen hatte, öffnete sich die Tür wieder, die ins Innere des Hauses führte, und Mona kam hindurch. Aus ihrem Rollstuhl musste sie zu mir aufblicken. Als sie mich erkannte, erstarb ihr Lächeln sofort.

»Du?«, fragte sie mit eisiger Miene.

Ich schluckte schwer. »Hallo, Mona.«

Ich wollte ansetzen, ihr zu erklären, warum ich gekommen war, aber sie würgte mich sofort ab.

»Raus«, sagte sie mit schneidender Stimme.

»Mona, bitte lass mich erklären ...«

»Raus hier!«, wiederholte sie nun lauter. »Ich will dich nicht sehen, verstehst du? Also geh bitte wieder.«

Alarmiert durch die Stimme seiner Freundin steckte Tobias den Kopf durch die Tür.

»Alles in Ordnung?«, erkundigte er sich besorgt.

»Alles gut«, gab ich an Monas Stelle zurück. Abwehrend hob ich beide Hände. »Ich habe es verstanden. Ich gehe schon wieder.«

An Mona gewandt fügte ich leise hinzu: »Ich wollte dir nur sagen, dass es mir leidtut.«

Dann drehte ich mich um, rannte aus dem Haus und stieg wieder in mein Auto.

Kapitel 22

Ich war froh, dass Sebastian am nächsten Tag von seinem Seminar in Italien zurückkehrte. Am Abend trafen wir uns im *Grottenolm* zum Essen.

»Ist alles okay mit dir?«, fragte er mich, nachdem wir uns begrüßt hatten – ganz freundschaftlich mit einem Kuss auf die Wange. »Du siehst ziemlich fertig aus.«

»Danke.« Ich versuchte erst gar nicht, den Sarkasmus in meiner Stimme zu verbergen. »Das ist genau das, was eine Frau beim ersten Treffen seit über einer Woche hören will.«

Dann seufzte ich. »Aber du liegst schon ganz richtig. Ich hatte gestern eine ziemlich unangenehme Begegnung, die mir immer noch nachhängt. Ich denke, es wird eine ganze Weile dauern, bis ich das verdaut habe.«

Sebastian zog eine Augenbraue hoch. »Lass mich raten, geht es wieder um deinen Exfreund?«

Ich lächelte freudlos. »Diesmal nicht. Es geht nicht mal um einen Mann, sondern um eine ehemalige Freundin von mir, Mona. Meine ehemals beste Freundin sogar, wenn man es genau nimmt.«

»Habt ihr euch zerstritten?«

Ich schüttelte den Kopf. »Ich wünschte wirklich, es wäre so einfach. Aber das ist es nicht. Es ist eine lange Geschichte, und eine ziemlich hässliche noch dazu.«

»Na, dann leg mal los.« Sebastian lächelte mich aufmunternd an. »Ich habe genau bis Montagmorgen um neun Uhr Zeit.«

»Okay. Das sollte reichen.« Ich atmete einmal tief durch, dann begann ich zu erzählen.

»Mona und ich kennen uns schon, seitdem wir ganz klein waren. Ich weiß gar nicht, wie wir uns angefreundet haben, aber wir haben uns immer super verstanden. Natürlich gab es mal ein paar kleine Streitereien, doch es stand nie etwas ernsthaft zwischen uns. Wir sind auch zusammen zur Schule gegangen, zumindest, bis wir sechzehn waren. Und dann habe ich den größten Fehler meines Lebens gemacht.«

Ich brauchte eine Weile, bis ich weitersprechen konnte. Sebastian sah mich aufmerksam an, drängte mich aber glücklicherweise nicht.

»Wir waren zusammen auf einer Geburtstagsparty von einem Jungen aus unserer Klasse, auf einem Grillplatz außerhalb von Heidelberg. Gegen Mitternacht wurde uns langweilig, also sind wir ein bisschen durch die Gegend gestreift. Wir haben die ganze Zeit gekichert und herumgealbert. Na ja, wir hatten für unsere Verhältnisse auch schon ganz schön viel getrunken. Wir waren ja beide kaum Alkohol gewohnt.

Wir sind dann an einer Brücke über einen kleinen Fluss vorbeigekommen. Und dann hatte ich diese absolut idiotische Idee.«

Ich presste die Lippen aufeinander und sah Sebastian unglücklich an.

»Ich habe vorgeschlagen, dass wir als Mutprobe über das Brückengeländer balancieren sollten. Ich habe keine Ahnung, wie ich so einen bescheuerten Einfall haben konnte. Aber leider hat Mona zugestimmt.

Also sind wir auf das Geländer geklettert. Wir haben es fast bis zur Mitte der Brücke geschafft. Dann hat Mona plötzlich das Gleichgewicht verloren und ist runtergefallen.

Ich habe das Bild immer noch vor Augen, wie sie plötzlich fällt, wie ihre langen Haare in der Luft flattern.«

Ich presste die Hand auf den Mund, um nicht laut aufzuschluchzen. Wieder hatte ich die Bilder in meinem Kopf, als wäre es gerade erst passiert.

»Sie hat sich verletzt?«, fragte Sebastian nach, als ich nicht weitersprach.

Ich nickte. »Die Brücke war gar nicht so hoch, aber im Fluss darunter war um diese Jahreszeit kaum Wasser, und Mona ist mit dem Rücken auf einen scharfkantigen Felsen geknallt, der nur knapp unter der Wasseroberfläche lag. Seitdem ist sie gelähmt.«

Ich konnte an Sebastians Gesicht ablesen, wie erschüttert er war. Als er weiter schwieg, fuhr ich fort: »Ich bin schuld, dass sie nie wieder laufen kann, verstehst du?«

»Aber du hast sie nicht gezwungen mitzumachen. Es war doch ihre Entscheidung, oder?«, wandte Sebastian ein. Er hatte inzwischen meine Hand genommen, und ich drückte sie dankbar.

»Schon«, gestand ich ein. »Aber das ist ja auch noch nicht alles. Mona musste operiert werden und natürlich für eine ganze Weile im Krankenhaus bleiben. Ich habe sie dort zwei Tage nach dem Unglück besucht. Unverständlicherweise schien sie es mir auch gar nicht übel zu nehmen, dass ich diese blöde Idee hatte. Im Gegenteil, sie hat eher mich getröstet, als ich sie.

Aber trotzdem – ich konnte es einfach nicht ertragen, sie da so hilflos liegen zu sehen. Ich habe mir solche Vorwürfe gemacht ihretwegen. Und da habe ich den zweitgrößten Fehler meines Lebens gemacht. Ich bin einfach nicht mehr hingegangen.«

»Du hast den Kontakt abgebrochen?«, fragte Sebastian. Er starrte mich überrascht an, vielleicht auch ein bisschen entsetzt.

Als ich beschämt nickte, meinte er: »Das ist echt ziemlich hart. Ihr habt euch nicht mehr gesehen?«

»Nein, leider nicht. Nach dem Krankenhaus musste Mona noch in die Reha. Und dann hat sie auf eine andere Schule gewechselt, wo sie besser mit ihrer Behinderung klarkam. Ich habe seit Jahren nicht mit ihr gesprochen – bis gestern Abend. Ich wollte mich endlich bei ihr entschuldigen.«

»Ich nehme an, sie war nicht besonders angetan von deiner Idee?«, hakte Sebastian nach.

Gegen meinen Willen musste ich lächeln. »Nicht wirklich. Wenn du es genau wissen willst, sie hat mich hochkant rausgeschmissen. Ich hatte gar keine Chance, ihr irgendetwas zu erklären.«

»Ehrlich gesagt wundert mich das nicht. Ich bin mir nicht sicher, wie ich an ihrer Stelle reagiert hätte.«

Es war hart, dass er mir seine Meinung so direkt ins Gesicht sagte, aber trotzdem war es mir tausend Mal lieber als irgendwelche Ausflüchte und hohle Floskeln.

»Ich weiß. Das verstehe ich ja auch.« Ich seufzte wieder. »Trotzdem hatte ich gehofft, dass ich ihr zumindest erklären kann, warum ich so gehandelt habe. Aber es hat wohl nicht sein sollen.«

Das Klingeln meines Handys unterbrach mich.

»Entschuldige«, sagte ich geistesabwesend. »Ich habe vergessen, das blöde Ding auszuschalten.« Ich warf einen Blick auf das Display. Die Nummer, die angezeigt wurde, kannte ich nicht.

»Geh ruhig ran«, ermunterte mich Sebastian. »Ich gehe solange zu Carola rüber und sage kurz Hallo.«

Während er sich auf den Weg in die Küche machte, um der Besitzerin des *Grottenolms* einen Besuch abzustatten, nahm ich das Gespräch an.

»Isabelle?«, ertönte eine mir gut bekannte Stimme. »Ich bin's, Mona.«

»Oh«, rutschte es mir heraus. »Das ist aber eine Überraschung. Ich wusste gar nicht, dass du meine Nummer hast.«

»Hatte ich auch nicht. Ich habe bei deinen Eltern angerufen und sie davon überzeugt, dass sie sie mir unbedingt geben müssen. Deine Mutter hat übrigens ähnlich erstaunt geklungen wie du jetzt.«

»Aha«, sagte ich lahm. Mehr fiel mir in diesem Moment einfach nicht ein.

»Isabelle, ich wollte mich bei dir entschuldigen, wegen gestern, meine ich. Du hast mich einfach total geschockt, als du plötzlich vor meiner Tür standst. Da habe ich vielleicht ein bisschen überreagiert.«

»Ein bisschen ist gut«, bemerkte ich. »Ich dachte wirklich, du würdest auf mich losgehen.«

Mona kicherte. »Und dich mit meinem Rollstuhl umfahren?«

»So ungefähr.« Ich atmete auf. Wenn meine ehemalige Freundin diesen Ton anschlug, war das Schlimmste überstanden.

Tatsächlich fuhr Mona fort: »Es tut mir leid, dass ich dich rausgeschmissen habe. Können wir uns noch mal treffen und in Ruhe über alles reden?«

Ich schluckte. »Du meinst heute noch?«

»Wenn du das hinkriegst.«

Ich nickte, auch wenn Mona das nicht sehen konnte. »Klar. Ich bin in spätestens einer halben Stunde bei dir.«

Als Sebastian wieder zurück an den Tisch kam, strahlte ich ihn an.

»Gute Nachrichten?«, fragte er verwundert.

»Sogar sehr gute«, gab ich zurück. »Der Anruf war von Mona. Sie will sich mit mir treffen. Jetzt gleich.«

Er grinste. »Soll ich dich hinfahren?«

»Nee, das schaffe ich schon selbst«, lachte ich. »Aber es wäre gut, wenn du heute die Rechnung übernimmst, damit ich gleich los kann. Ich lade dich dafür morgen ein.«

Kapitel 23

Dieses Mal fiel mir der Weg von meinem Auto zur Tür von Monas und Tobias' Haus wesentlich leichter, trotzdem war ich noch nervös. Ich hatte am Telefon zwar den Eindruck gehabt, dass Mona wirklich an einer Versöhnung interessiert war, aber ich wollte mir einfach noch nicht zu viele Hoffnungen machen.

Wieder öffnete Tobias die Tür. »Hallo Isabelle, da bist du ja wieder«, meinte er mit einem schiefen Grinsen. »Mona ist im Wohnzimmer. Komm mit, ich bringe dich zu ihr.«

Er führte mich in ein kleines, aber sehr edel eingerichtetes Wohnzimmer. Mona saß auf dem Sofa und sah mir entgegen. Der Rollstuhl war nicht zu sehen. Wahrscheinlich hatte Tobias ihn nach draußen geschoben. Hätte ich nicht gewusst, was mit Mona war, wäre ich niemals auf die Idee gekommen, dass irgendetwas mit ihr nicht stimmen könnte. Sie sah wunderschön aus, wie sie da saß – und ganz gesund.

Allerdings drückte auch ihre Miene Unsicherheit aus. Offensichtlich war sie ebenso nervös wegen unseres Wiedersehens wie ich.

»Hi«, sagte ich verlegen.

»Hallo Isabelle.« Mona wies auf einen Sessel, der ihrem Sofa gegenüberstand. »Setz dich doch.«

Folgsam setzte ich mich auf die Kante der Sitzfläche. Als Tobias uns anbot, etwas zu trinken zu bringen, nahm ich dankend an. Ich brauchte in diesem Moment etwas, um mich daran festzuhalten, und wenn es nur ein Glas Wasser war.

Nachdem er uns die Getränke auf den Tisch gestellt hatte, verließ er mit einem beiläufigen »ich lass euch dann mal besser allein« den Raum und schloss die Tür hinter sich.

Mona strich sich durch die dunkelblonden Haare und lächelte mich verlegen an. »Ich bin wirklich froh, dass du noch einmal hergekommen bist«, meinte sie. »Es war echt fies von mir, dich einfach rauszuschmeißen.«

»Na ja, du hattest ja allen Grund dazu«, gestand ich ein. »Wenn es einer verdient hat, rausgeschmissen zu werden, dann bin das wohl ich.«

Mona lachte. »Wenn ich ehrlich bin, muss ich sagen, dass ich in der ersten Zeit nach dem Unfall ziemlich sauer auf dich war. Da habe ich mir häufiger vorgestellt, dass du kleinlaut angekrochen kommst und ich dir ganz souverän einen Tritt in den Hintern verpasse. Verbal natürlich, anders geht es ja nicht mehr. Aber in meiner Vorstellung habe ich mich hinterher immer saugut gefühlt. In der Realität war das leider überhaupt nicht so.«

»Und das bist du jetzt nicht mehr?«, hakte ich zögernd nach. »Ich meine, sauer auf mich?«

Mona dachte ein paar Sekunden nach. Dabei zog sie wie früher die Nase kraus. »Nein, ich denke nicht. Vielleicht noch ein bisschen enttäuscht, aber irgendwie verstehe ich dich auch. Dabei habe ich es dir übrigens nie übel genommen, dass du damals die Idee zu diesem Balanceakt hattest. Nur, dass du mich dann einfach nicht mehr besucht hast und auch keinen meiner Briefe oder Anrufe beantwortet hast, das fand ich wirklich völlig daneben. Aber auch das sehe ich inzwischen in bisschen anders.«

Sie rückte ihre Sitzposition zurecht, indem sie sich auf den Armen abstützte. »Weißt du, Tobias hat mir erzählt, dass es in der Psychologie etwas gibt, das die Fachleute »Überlebensschuld« nennen. Hast du schon mal davon gehört?«

Als ich den Kopf schüttelte, fuhr sie fort. »Bei schlimmen Unglücken, zum Beispiel bei Flugzeugabstürzen, wenn viele Menschen sterben, fühlen sich die Überlebenden schuldig, eben weil sie Glück hatten und die anderen nicht. Ich glaube, bei dir ist das etwas Ähnliches. Wir waren beide auf der Brücke. Mir ist etwas passiert und dir nicht, also fühlst du dich schuldig.«

»Das ist es nicht«, widersprach ich. »Ich fühle mich nicht schuldig, ich *bin* es. Schließlich war es meine Idee, überhaupt auf das Brückengeländer zu klettern.«

»Und es war meine eigene Blödheit, bei so einem Schwachsinn mitzumachen«, warf Mona schroff ein. »Du hast mir weder eine Knarre an die Schläfe gehalten, damit ich da raufsteige, noch hast du mich von der Brücke geschubst. Also schlag dir das mit dem schuldig sein mal ganz schnell aus dem Kopf.«

»Aber ich ...«, begann ich, doch Mona ließ mich gar nicht ausreden.

»Vergiss es! Ich gebe dir nicht die Schuld, da brauchst du das auch nicht zu tun.« Plötzlich verzog sich ihr hübscher Mund zu einem süffisanten Lächeln. »Außerdem muss ich zugeben, dass mein Sturz erstaunlicherweise nicht nur negative Folgen für mich hatte.«

Ich runzelte die Stirn. »Nicht nur negative Folgen? Wie meinst du das?«

»Tobias«, gab Mona knapp zurück. Sie lachte über meinen Gesichtsausdruck, der wahrscheinlich wie ein großes Fragezeichen aussah. »Nach der Reha musste ich regelmäßig zu Physiotherapie. Vor drei Jahren hat mein alter Physiotherapeut aufgehört, und mein Arzt hat mir einen jungen Therapeuten empfohlen, der gerade erst seine Praxis eröffnet hatte.«

»Und das war Tobias?«, folgerte ich.

Mona strahlte. »Genau. Früher haben mich die Anwendungen immer total genervt, aber seitdem ich bei ihm in Behandlung war, habe ich plötzlich jedem Termin entgegengefiebert. Und als ich dann das letzte Mal vor einer Therapiepause bei ihm war, hat er tatsächlich gefragt, ob ich mit ihm essen gehen würde. Seitdem sind wir zusammen, und glaub mir, er ist wirklich ein Glücksgriff.«

»Na ja, ich kenne ihn ja kaum, aber er sieht zumindest danach aus«, stimmte ich zu. Dabei gelang mir sogar ein leichtes Lächeln. Dann wurde ich wieder ernst.

»Mona«, begann ich schweren Herzens, »ich freue mich wirklich, dass es dir anscheinend so gut geht, und ich bin auch froh, dass du mir nicht die Schuld an dem gibst, was passiert ist. Aber trotzdem solltest du wissen, dass ich alles dafür geben würde, deinen Sturz ungeschehen zu machen. Und ich schäme mich so dafür, dass ich dich in der Zeit danach alleingelassen habe.«

»Ich habe dir doch schon gesagt, dass ich Verständnis dafür habe«, bemerkte Mona, doch diesmal unterbrach ich sie.

»Nein, du warst immer meine beste Freundin, und ich hätte für dich da sein müssen, als es dir nicht gut ging. Das war ein Riesenfehler, und ich würde ihn unheimlich gern wieder gutmachen.«

»Lass mich überlegen.« Sie runzelte demonstrativ die Stirn und legte den Finger ans Kinn. »Also, der Keller müsste mal wieder gründlich aufgeräumt werden, im Garten sprießt jede Menge Unkraut, das gejätet werden müsste, und – ach ja – wir hatten auch noch vor, einen Carport zu bauen.«

Plötzlich war sie wieder genau wie früher.

»Ich fasse es nicht«, stöhnte ich. »Du schaffst es immer noch nicht, länger als fünf Minuten am Stück ernst zu bleiben, oder?«

»Äh, nein.« Mona zog einen Mundwinkel nach oben. »Aber mit einem ist es mir ernst: Ich bin wirklich froh, dass du hergekommen bist, auch wenn du dir dafür nicht unbedingt zehn Jahre hättest Zeit lassen müssen. Und wenn du deinen Fehler wieder gutmachen willst, dann lass uns einfach versuchen, unsere Freundschaft wieder aufleben zu lassen.« Sie verzog schelmisch das Gesicht. »Ich glaube, das würde mir sogar mehr bedeuten als ein aufgeräumter Keller.«

Wider Willen musste auch ich lachen. Langsam hatte ich wirklich das Gefühl, wieder ganz die alte Mona vor mir zu haben.

Eine ganze Weile saßen wir noch zusammen, lachten, alberten herum und quatschten über alte Zeiten. Und je länger das Gespräch dauerte, umso unbefangener wurde es.

Erst kurz nach Mitternacht verabschiedeten wir uns wieder voneinander. Mona umarmte mich und nahm mir noch das Versprechen ab, mindestens einmal pro Woche bei ihr anzurufen. Dann brachte Tobias mich zur Tür.

»Danke«, sagte er, als er mir zum Abschied die Hand gab. Als ich ihn fragend ansah, erklärte er: »Mona tut immer so cool, aber es war wahnsinnig wichtig für sie, dass ihr euch wieder versöhnt habt. Sie hat sehr darunter gelitten, dass ihr keinen Kontakt mehr hattet.«

Ich zögerte einen Moment.

»Ja, ich auch«, gab ich dann ehrlich zu.

Kapitel 24

In der folgenden Woche fühlte ich mich, als würde ich die ganze Zeit auf Wolken schweben – oder hätte etwas sehr stark Bewusstseinserweiterndes eingeworfen, allerdings ohne die unangenehmen Nebenwirkungen.

Wie abgesprochen telefonierten Mona und ich jetzt regelmäßig miteinander, und langsam hatte ich die Hoffnung, dass es vielleicht sogar möglich sein könnte, wieder eine tiefe und fast unbelastete Freundschaft aufzubauen.

Erst nach meiner Aussprache mit Mona hatte ich gemerkt, wie sehr mich mein schlechtes Gewissen belastet hatte. Noch am selben Abend hatte ich bei Sebastian angerufen, um ihm von dem Gespräch zu berichten. Er war zwar nicht besonders begeistert gewesen, dass sein Telefon ihn aus dem Bett geklingelt hatte, bestand aber darauf, dass er sich für mich freute. Und das wiederum freute mich sehr.

Am Freitag konnte ich es kaum erwarten, in meine Wohnung zu kommen und Lily von meiner bestandenen Herausforderung zu berichten. Es dauerte ungewöhnlich lange, bis ihre Antwort bei mir ankam.

Ich muss zugeben, diesmal hast du mich echt schockiert, schrieb sie. *Weißt du, als ich ein paar Jahre jünger war, habe ich ganz schön viel Mist gebaut. Wenn ich so zurückblicke, tun meine Eltern mir wirklich leid, bei dem, was sie alles meinetwegen durchmachen mussten. Aber so etwas Schwerwiegendes wie bei dir ist zum Glück nie passiert. Und im Nachhinein wird mir erst klar, dass ich manchmal ziemlich mit dem Feuer gespielt habe. Ich hatte echt Glück, dass ich immer so glimpflich davongekommen bin. Ein paar Mal hätte es bei mir durchaus ähnlich schiefgehen können wie bei dir.*

Umso mehr freut es mich, dass du dich wieder mit Mona versöhnt hast. Ich denke, das war wirklich wichtig für euch beide. Und ehrlich gesagt bewundere ich den Mut, den du dafür aufgebracht hast.

So, jetzt aber zu meiner Wochenaufgabe. Es geht zwar auch um eine frühere Freundin von mir, aber gegen deine Geschichte wird dir das wahrscheinlich vorkommen wie Kinderkram.

Wie gesagt, früher habe ich viel Unsinn gemacht, und manchmal habe ich mich auch echt mies aufgeführt. Eine Zeit lang war ich viel mit zwei Zwillingsschwestern zusammen, Sabina und Sabrina (das ist kein Witz, die Eltern von denen müssen einen kompletten Dachschaden gehabt haben, oder sie standen unter ganz üblen Drogen, als sie die Namen ausgesucht haben). Die beiden sahen sich nicht nur verdammt ähnlich, sondern sie haben auch noch zusammen gewohnt.

Einmal, als ich bei ihnen übernachtet habe, lag Geld auf dem Küchentisch. Ich war gerade ganz knapp bei Kasse, musste sogar noch Schulden zurückzahlen, na ja, da habe ich es einfach eingesteckt. Sabina – ihr gehörte das Geld – hat aber Sabrina beschuldigt, sie bestohlen zu haben. Die ist daraufhin völlig ausgerastet. Ich hatte ein tierisch schlechtes Gewissen, habe mich aber nicht getraut, die Wahrheit zu sagen, weil Sabrina so getobt hat. Es kam schließlich soweit, dass die beiden sich völlig verkracht haben und sich sogar jede eine eigene Wohnung gesucht hat. Ich habe schon lange zu beiden keinen Kontakt mehr, doch am Wochenende habe ich Sabina angerufen und ihr endlich alles gestanden. Selbst nach der langen Zeit hat mich das noch ganz schön Überwindung gekostet.

Und weißt du, was sie gesagt hat? Das wäre ja ganz nett, dass ich es zugebe, aber das hilft jetzt auch nicht mehr. Sie will weder mit mir noch mit ihrer Schwester jemals wieder etwas zu tun haben.

Im Nachhinein habe ich beschlossen, dass sie eine blöde Schnepfe ist und es eigentlich gar nicht besser verdient hat. Aber zum Nachdenken hat mich die Sache trotzdem gebracht. Und ich habe mir für die nächste Zeit fest vorgenommen, ein paar Fehler, die ich in der Vergangenheit gemacht habe, wieder gutzumachen. Oder mich zumindest dafür zu entschuldigen. Und mit deiner Geschichte über Mona hast du mich nur darin bestärkt.

Ich schmunzelte, während ich meine Antwort tippte:

Ich gebe dir in allen Punkten recht. Erstens: Sabina ist eindeutig eine blöde Schnepfe, zweitens: Das ist auch kein Wunder. Wer Eltern hat, die ihren Zwillingen solche Namen geben, kann einfach nicht normal werden, und drittens: Es erleichtert ungemein, wenn man die Dämonen, die man mit sich rumträgt, zum Teufel jagt – oder sie wenigstens ein bisschen mit dem Dreizack piesackt.

So, jetzt kann ich es aber kaum noch erwarten, die Aufgabe für die nächste Woche zu erfahren, also lass mich nicht länger zappeln!

Diesmal dauerte es nicht lange, bis der Eingang einer neuen Mail angezeigt wurde.

Nachdem du die Messlatte letztes Mal ja schon ziemlich hoch gelegt hast, musste ich mich ganz schön strecken, um sie noch ein Stück höher zu schieben. Oder anders ausgedrückt: Ich musste echt lange überlegen, um etwas zu finden, das noch einen draufsetzt, schrieb Lily. *Aber ich habe es tatsächlich geschafft ;-)*

Die neue Aufgabe lautet: Verändere das Leben eines Menschen, den du noch nie gesehen hast.

Nachdem ich mich noch kurz von Lily verabschiedet hatte, saß ich einfach nur da und starrte auf meinen Monitor. Ich war ratlos. Wie sollte ich das Leben eines Menschen verändern, den ich noch nie gesehen hatte? Gut, es zum Negativen zu verändern, war eigentlich ganz einfach. Da fielen mir spontan Dutzende Möglichkeiten ein. Es reichte schon, wenn man irgendein Auto demolierte, eine Katze entführte oder ein Haus anzündete. Aber abgesehen davon, dass das meiste davon kriminell war, strebte ich doch eher eine positive Veränderung an. Und so ganz lapidar sollte die Veränderung ja auch nicht sein, sondern deutlich spürbar.

Ich überlegte hin und her und wartete auf einen Geistesblitz, aber wie immer, wenn man ihn dringend herbeisehnte, erschien nicht die kleinste Gewitterwolke an meinem imaginären Himmel.

Am liebsten hätte ich gleich Sebastian angerufen, um ihn um Rat zu fragen, aber leider hatte er an diesem Abend wieder ein Geschäftsessen.

Irgendwann beschloss ich, einfach an etwas ganz anderes zu denken. Manchmal kamen einem ja die besten Ideen, wenn man gerade über den Sinn von Frühstückseier-köpfgeräten nachdachte oder sich fragte, warum Rote Grütze so gut schmeckte, obwohl sie so einen hässlichen Namen trug.

Da ich gerade sowieso am Computer saß, fing ich an, unmotiviert im Internet herumzusurfen. Wie meistens landete ich nach ein paar Klicks auf Youtube, wo ich mir ein paar lustige – und auch ein paar saublöde – Videos ansah, hauptsächlich über Tiere.

Durch Zufall landete ich dabei bei einem Clip, den eine Frau über die Delfintherapie, die ihr Mann gemacht hatte, gedreht und ins Netz gestellt hatte. Das Thema interessierte mich, also rief ich noch mehr Seiten auf, die sich damit beschäftigten. Schließlich landete ich auf der Homepage eines Vereins, der es sich zur Aufgabe gemacht hatte, Menschen bei solchen Therapien finanziell unter die Arme zu greifen. Auch ein paar Einzelschicksale wurden dort geschildert.

Ich begann zu lesen. Schon beim ersten Fall riss es mir fast den Boden unter den Füßen weg. Fassungslos las ich vom siebenjährigen Joshua, der nach einem schweren Autounfall nicht nur querschnittsgelähmt, sondern auch schwer traumatisiert war. Seine Eltern wollten ihm die Delfintherapie ermöglichen, um ihm bei der Überwindung des Traumas zu helfen und die nachfolgenden Therapien vorzubereiten. Sie schafften die Finanzierung aber nicht aus eigener Kraft und hatten sich deshalb hilfesuchend an den Verein gewandt.

Ich biss mir nachdenklich auf die Unterlippe. Mir war sofort klar gewesen, was ich zu tun hatte. Das war meine neue Herausforderung. Wenn ich dazu beitragen konnte, dem Jungen die Delfintherapie zu ermöglichen, löste ich damit nicht nur meine Wochenaufgabe, sondern konnte vielleicht auch einen kleinen Teil der Schuld, die ich wegen Monas Lähmung immer noch mit mir herumtrug, abtragen.

Die Frage war nur: Wie kam ich innerhalb einer Woche an genug Geld, damit ich tatsächlich etwas bewirken konnte? Da ich jegliche kriminelle Aktivität von vornherein ausgeschlossen hatte, blieb mir nichts anderes übrig, als einen legalen Weg zu finden.

Ich grübelte vor mich hin, bis ich das Gefühl hatte, mein Hirn hätte eine watteähnliche Konsistenz angenommen. Doch jeder Einfall, den ich hatte, entpuppte sich bei näherem Hinsehen als nicht durchführbar. Für den Verkauf alter Sachen besaß ich nicht genug, für Straßenmusik war ich zu unmusikalisch und um einen Nebenjob zu machen, fehlte mir die Zeit.

Irgendwann gab ich entnervt auf. Vielleicht hatte Sebastian ja die zündende Idee. Ich nahm mir vor, ihn am nächsten Tag zu fragen. Wir waren für den Abend ohnehin verabredet.

Und als Nicole ein paar Minuten später anrief und mir vorschlug, mit ihr und ein paar Freunden ein spontanes Picknick auf der Neckarwiese zu veranstalten, sagte ich begeistert zu und versprach, auch noch meine Vorräte zu plündern und etwas Essbares beizusteuern.

Apfelkuchen würde ich diesmal allerdings lieber nicht mitnehmen.

Kapitel 25

»Die Idee an sich finde ich ja gar nicht so schlecht. Ich bezweifle nur, dass du damit genug einnimmst, damit du wirklich etwas ausrichten kannst. Es muss ja schon ein ordentlicher Betrag zusammenkommen, sonst lohnt es sich nicht.« Sebastian sah mich skeptisch an.

Enttäuscht zog ich einen Schmollmund. Ehrlich, wie er nun einmal war, hatte er genau das ausgesprochen, was ich selbst schon befürchtet hatte.

Wir hatten uns zum Essen getroffen, dieses Mal ausnahmsweise in einer Pizzeria. Ich hatte ihm von der neuen Wochenaufgabe erzählt, die Lily mir gestellt hatte, und meine Idee geschildert, wie ich sie lösen wollte.

Am Abend vorher, als ich gemütlich mit Nicole und ein paar ihrer Freunde auf der Neckarwiese gesessen hatte, war mir ein kleiner Stand aufgefallen, vor dem sich ständig eine Traube von Leuten drängte. Neugierig war ich hingelaufen und hatte gesehen, was die Menschen so anzog: Ein kleiner dicker Mann verkaufte frisch zubereitete Crêpes. Damit war die Idee geboren.

Was der kann, kann ich doch auch, hatte ich mir gedacht. Okay, ich schaffte es gerade einmal, zuhause ziemlich dicke Pfannkuchen herzustellen, und selbst da ging beim Wenden das eine oder andere Mal etwas daneben – beziehungsweise auf den Küchenboden. Allein bei der Vorstellung, unter den Augen der hungrig wartenden Meute original französische Crêpes zu produzieren und auch noch unfallfrei auf einen

Pappteller zu bugsieren, wurde mir leicht schwindlig. Aber Waffeln backen konnte ich ganz gut.

Mein Plan war also, an ein oder zwei Abenden an einer Stelle, an der viele und möglichst hungrige Menschen vorbeikamen, einen kleinen Waffelstand aufzubauen und Unmengen von Waffeln zu verkaufen.

Sebastian war der Erste, dem ich davon erzählte. Und der Erste, bei dem ich mit meinem Plan auf eine gehörige Portion Skepsis stieß.

»Ich habe mir ja selbst schon gedacht, dass ich damit keine Reichtümer anhäufen kann, aber ein bisschen sollte schon zusammenkommen, um die Eltern von Joshua bei der Therapie zu unterstützen«, beharrte ich auf meinem Plan. »Oder hast du eine bessere Idee?«

»Im Prinzip nicht«, gab Sebastian zu. »Ich denke nur, du solltest das Ganze etwas größer aufziehen, wenn du es schon organisierst. Zum Beispiel wäre es gut, auch Getränke anzubieten. Die machen nicht so viel Arbeit, bringen aber recht gute Einnahmen. Besser wäre es natürlich noch, wenn du einen Sponsor findest, der dir die Getränke kostenlos liefert, das würde sich dann richtig lohnen. Außerdem ist natürlich noch wichtig, wo und an welchem Termin du verkaufen willst. In zwei Wochen ist doch *Heidelberger Herbst*. Das wäre doch eigentlich ideal. Da ist jede Menge los, und die Leute wollen alle etwas essen und trinken.«

Ich nickte. »Daran habe ich auch schon gedacht.«

Der *Heidelberger Herbst* war das alljährlich im Frühherbst stattfindende Altstadtfest. An diesem Wochenende waren überall Stände und Attraktionen aufgebaut. Es gab einen Flohmarkt, einen Kunsthandwerkermarkt und überall Livemusik.

»Vielleicht hast du recht«, stimmte ich nochmals zu. »Ich werde Lily eine Mail schreiben und sie fragen, ob wir die Frist dieses Mal ausnahmsweise auf drei Wochen ausdehnen können. Innerhalb von einer Woche schaffe ich es jedenfalls nie, genug Geld aufzutreiben. Es ist so viel zu organisieren.«

»Außerdem sind noch einige Formalitäten zu erledigen«, gab Sebastian zu bedenken. »Du kannst ja nicht einfach so irgendwo einen Stand aufbauen, sondern brauchst eine Genehmigung. Wenn du möchtest, kann ich dir dabei gern helfen.«

»Wirklich?« Ich lächelte ihn an. »Das wäre klasse. Zu zweit macht es sowieso viel mehr Spaß. Weißt du,« – ich presste kurz die Lippen aufeinander – »es würde mir wahnsinnig viel bedeuten, wenn ich helfen könnte. Ich bewundere Mona, weil sie trotz ihrer Lähmung ihr Leben so souverän meistert. Und wenn ich mir vorstelle, dass ich ein klein wenig dazu beitragen könnte, dass auch Joshua in Zukunft besser klarkommt, wäre mir das wirklich unheimlich wichtig.«

»Ich weiß.« Sebastian griff über seine Pizza, die knapp die Größe eines UFOs hatte, nach meiner Hand und drückte sie sanft. »Das ist einer der Gründe, warum ich dich so mag.«

Kapitel 26

In den folgenden zwei Wochen war ich neben der Arbeit vollauf mit der Organisation meines Standes beschäftigt. Und je länger ich mich darum kümmerte, umso mehr wuchs mir die Sache über den Kopf.

Lily, der ich noch am Samstag eine Mail mit der Bitte um Fristverlängerung geschickt hatte, war sofort damit einverstanden gewesen, dass wir uns diesmal drei Wochen Zeit lassen konnten. Sie schien sogar darüber erleichtert zu sein, denn sie gestand mir, dass sie noch keine Ahnung hatte, wie sie ihre selbst gestellte Aufgabe erfüllen sollte.

Ich war froh, dass Sebastian mir den Papierkram abnahm, denn es gab auch so schon viel zu tun. Ich organisierte einen Pavillon, Tische und Bänke sowie mehrere Waffeleisen, die ich parallel befüllen wollte. Außerdem suchte ich Rezepte raus, machte Einkaufslisten und Zeitpläne. Dann rief Sebastian an und berichtete, dass Wennehoff, der Eigentümer des Weinguts, auf dem wir unser Sommerfest gefeiert hatten, eine großzügige Weinspende zugesagt hatte.

Also warf ich sämtliche Pläne über den Haufen, weil Wein und Waffeln mir in Kombination überhaupt nicht gefielen. Anstelle der Waffeln plante ich nun, selbst gebackenen Zwiebelkuchen anzubieten. Auch dafür machte ich wieder Listen und Pläne.

Am Mittwoch der zweiten Woche gab ich auf.

Ich hatte gerade die Menge der Zutaten ausgerechnet, die ich einkaufen musste, als mir klar wurde, dass ich die Sachen ja nicht nur kaufen, sondern auch nach Hause schleppen und zubereiten musste. Selbst wenn ich mich hätte siebenfach klonen können, wäre das kaum machbar gewesen.

»Ich fürchte, ich muss alles hinschmeißen. Ich schaffe das einfach nicht«, klagte ich Sebastian am Telefon mein Leid. »Ich habe völlig unterschätzt, wie viel Arbeit dahintersteckt. Es sieht immer so simpel aus, einfach ein bisschen backen und dann verkaufen, aber das ist es ganz und gar nicht.«

»Hey, jetzt lass den Kopf nicht hängen«, machte er mir Mut. »Hol dir Hilfe. Keiner verlangt, dass du alles allein machst. Es reicht doch schon, dass du die Idee hattest und die Organisation übernommen hast. Ich helfe dir auf jeden Fall, wo ich kann. Wenn du noch ein paar Leute findest, die dir das eine oder andere abnehmen, kannst du es immer noch schaffen. Ich weiß doch, wie wichtig es dir ist.«

Ich schüttelte entmutigt den Kopf. »Aber es ist so kurzfristig. Heute ist Mittwoch, und am Samstag muss alles fertig sein. Bestimmt haben die meisten Leute schon Pläne für das Wochenende.«

»Das wirst du erst erfahren, wenn du sie fragst.«

Sebastian ließ nicht locker, bis ich ihm versprochen hatte, alle Freunde abzuklappern. »Du musst ihnen natürlich auch erzählen, für welchen Zweck du das Geld sammelst. Mach ihnen ruhig ein richtig schlechtes Gewissen, wenn sie nicht sofort zusagen«, riet er mir.

Sofort nachdem ich aufgelegt hatte, lief ich die Treppen runter und klingelte bei Nicole.

»Ich habe einen Anschlag auf dich vor«, warnte ich sie gleich, als sie die Tür öffnete. Ich erklärte ihr kurz mein Vorhaben. »Ohne Hilfe muss ich die ganze Geschichte abblasen. Deshalb wollte ich dich fragen, ob du mir am Freitag oder Samstag helfen kannst.«

Nicole musterte mich mit einem süffisanten Lächeln. »Lerne ich dann auch endlich deinen Sebastian kennen?«, erkundigte sie sich.

»Es ist zwar nicht *mein* Sebastian, aber er wird auch dabei sein, ja.«

Ihr Grinsen verbreiterte sich. »Na, dann kannst du mich natürlich fest einplanen. Das lasse ich mir wohl kaum entgehen. Ich habe übrigens gerade ein paar Leute von meiner Literaturgruppe da.« Sie wies mit einer Kopfbewegung in den hinteren Teil ihrer Wohnung, aus dem Stimmengewirr und fröhliches Gelächter ertönten. »Wenn du möchtest, kann ich mal nachfragen, ob von denen auch einer am Wochenende helfen kann.«

Ich zog amüsiert eine Augenbraue nach oben.

»Literaturgruppe?«, fragte ich. »Ich wusste nicht einmal, dass du im Besitz eines Buches bist.«

Lily kicherte. »Na ja, das klingt doch allemal besser als Wir-treffen-uns-nur-zum-Party-machen-Gruppe, oder?«

»Stimmt«, gab ich zu. »Und egal ob Literatur oder Party, glaub mir, ich kann jede Hilfe gebrauchen.«

Nachdem Nicole mir versprochen hatte, bei ihren Freunden nachzufragen und mir noch am gleichen Abend Bescheid zu geben, wie viele von ihnen ebenfalls mithelfen wollten, griff ich zum Telefon und wählte Monas Nummer. Glücklicherweise war sie zuhause.

Als ich ihr geschildert hatte, was ich am Wochenende vorhatte, herrschte einen Moment lang Schweigen.

»Mona?«, fragte ich vorsichtig nach. »Es tut mir leid, vielleicht hätte ich dich nicht fragen sollen, ich meine, in deiner Situation ...«

»In meiner Situation? Was soll das denn heißen?«, unterbrach sie mich barsch. »Ich konnte dir leider gerade nicht antworten, weil ich mit Schmollen beschäftigt war. Warum hast du mich denn nicht gleich eingeweiht? Du hättest dir doch denken können, dass ich unbedingt mitmachen will, gerade in meiner Situation.«

»Ich wollte es eigentlich allein schaffen«, gab ich kleinlaut zu.

»Das ist mal wieder typisch für dich«, brauste Mona auf. »Du tust immer ganz schüchtern und verlegen, dabei bist du der größte Sturschädel in unserem gesamten Sonnensystem. Du brauchst gar nicht zu glauben, dass du mich irgendwie davon abhalten kannst, am Freitag und am Samstag dabei zu sein. Und Tobias kannst du auch gleich fest mit einrechnen.«

Ich war skeptisch. »Bist du sicher? Sollten wir ihn nicht erst einmal fragen?«

»Keine Angst, ich bin sicher. Wenn er sich weigert, drohe ich ihm mit drei Wochen Liebesentzug. Oder noch schlimmer: Ich zwinge ihn, mit mir ins Kino zu gehen und sich irgendeinen französischen Kunstfilm anzusehen. Das hilft immer.«

»Okay, ich plane ihn ein«, lachte ich. »Es ist kaum zu glauben, aber du kannst ja noch fieser werden als früher.«

»Die Wege des Herrn sind unergründlich«, sinnierte Mona, »und die Waffen einer Frau sind unschlagbar. Da fällt mir gerade noch was ein: Wo soll die Backaktion am Freitag denn überhaupt stattfinden?«

Als ich erklärte, dass ich meine Küche zur Verfügung stellen würde, fing Mona schallend an zu lachen.

»Ich war zwar noch nicht in deiner Wohnung, aber nach dem, was du mir erzählt hast, treten sich die Leute da ja tot«, erklärte sie. »Nee, lass uns das mal besser hier bei uns machen. Da ist viel mehr Platz, und bei schönem Wetter können wir auf der Terrasse um die Wette schnippeln.«

Wir quatschten noch eine Weile, bis Mona erklärte, sie müsse sich jetzt um ihren Beinahe-Ehemann kümmern.

Nachdem wir das Gespräch beendet hatten, blieb ich nachdenklich mit dem Telefon in der Hand sitzen. Ich hatte überlegt, einige meiner Kollegen anzusprechen, ob sie mich unterstützen würden, den Gedanken aber wieder verworfen. Mein Vorhaben war eine private Angelegenheit, und es sollte auch privat bleiben.

Also gab es eigentlich nur noch einen, den ich um Hilfe bitten konnte. Einen, mit dem ich sowieso noch dringend etwas klären musste.

Nach einigem Hin- und Herüberlegen überwand ich mich und wählte Pauls Handynummer.

»Hallo, hier ist Isabelle«, meldete ich mich, nachdem er das Gespräch angenommen hatte. »Hast du einen Moment Zeit für mich?«

Er zögerte.

»Klar«, sagte er schließlich wenig begeistert. »Was gibt's denn?«

Ich schluckte. Es fiel mir nicht leicht, aber ich musste es loswerden. »Ich möchte mich bei dir entschuldigen. Für die Aktion auf dem Flohmarkt. Es war schon ziemlich dämlich von mir, das Bild überhaupt verkaufen wollen, aber *wie* ich es dann verkauft habe, das war wirklich das Allerletzte. Es tut mir leid.«

»Jepp«, stimmte er zu, sagte aber nichts weiter, sondern ließ mich zappeln.

»Und ich danke dir, dass du meinen Fehler wieder gutgemacht und das Bild zurückgebracht hast. Du hattest recht. Es ist eine schöne Erinnerung, und ich sollte sie behalten.«

»Und?«, fragte er knapp.

Und was? Ich war wie ein armer Sünder zu Kreuze gekrochen. Reichte das etwa nicht?

»Was willst du denn noch von mir?«, blaffte ich ihn an. »Soll ich noch einen Seelenstriptease hinlegen?«

Ich konnte seine zufriedene Miene fast durch Telefon sehen, als er antwortete: »Aber splitterfasernackt bitte. Ich will ja was zu gucken haben.«

»Vergiss es!«

Er lachte. »Also hör mal, um das Bild wiederzukriegen, habe ich Himmel und Hölle in Bewegung gesetzt, und alles dazwischen sowieso. Der Typ, der es dir abgekauft hat, war zwar lahmarschig wie eine Schnecke auf Valium, aber er hat mich ganz schön hochgehandelt. Dafür sollte doch wenigstens eine kleine Gegenleistung drin sein.«

»Ach, die kann ich dir bieten«, gab ich zuckersüß zurück. Eine bessere Steilvorlage hätte er mir kaum zuschieben können. »Ich gebe dir nämlich die einmalige Gelegenheit, bei einem ganz besonderen Hilfsprojekt mitzumachen.« Ich erklärte ihm kurz, wobei ich seine Hilfe brauchte.

»Moment, verstehe ich das richtig?«, hakte er nach, als ich fertig war. »Ich habe fast unter Einsatz meines Lebens und meiner seelischen Gesundheit das schönste Bild gerettet, das du jemals besitzen wirst, und im Gegenzug darf ich für dich arbeiten?«

»Nicht für mich«, widersprach ich. »Das Geld, das wir einnehmen, geht an einen siebenjährigen Jungen, der nach einem schweren Unfall gelähmt ist. Davon soll eine Delfintherapie bezahlt werden.«

»Oh, das wusste ich nicht.« Paul war plötzlich ernst geworden. »Wenn das so ist, bin ich natürlich dabei. Ich habe zwar eigentlich am Freitag etwas vor, aber das lässt sich verschieben.«

»Danke«, sagte ich mit plötzlich erstickter Stimme. Ich war gerührt von der spontanen Hilfsbereitschaft, die mir überall entgegenschlug, und auf die ich niemals zu hoffen gewagt hatte. »Wir treffen uns dann am Freitagnachmittag bei Mona. Komm einfach vorbei, sobald du Zeit hast.« Ich nannte ihm die Adresse.

»Okay, ich hab's aufgeschrieben. Und wer ist diese Mona? Eine Freundin von dir?«

»Genau«, erwiderte ich in möglichst lockerem Tonfall. »Wir kennen uns schon lange. Du wirst sie mögen.«

Nachdem ich das Telefon zur Seite gelegt hatte, blieb ich noch eine Weile nachdenklich sitzen. Mir war klar geworden, dass Paul nicht nur richtig gelegen hatte, was den Verkauf von Erinnerungen anging. Nein, auch noch in einem anderen Punkt hatte er recht gehabt.

Ich hatte ihn während unserer Beziehung wirklich nie richtig an mich herangelassen.

Kapitel 27

Unsere Aktion wurde ein voller Erfolg.

Schon als ich am Freitagnachmittag bei Mona ankam – Zinkelmann hatte mich extra früher Feierabend machen lassen, als er von meinem Vorhaben erfahren hatte – herrschte in ihrer Küche und auf ihrer Terrasse rege Betriebsamkeit. Nicole und vier ihrer Freunde waren schon vor mir eingetroffen und saßen vor riesigen Zwiebelbergen, die geschält und klein geschnitten werden mussten.

Mona präsentierte mir derweilen stolz die Plakate, die sie in der Werbeagentur, in der sie arbeitete, entworfen und ausgedruckt hatte. Auf witzige, aber nicht alberne Weise informierten sie über den Sinn der Delfintherapie. Joshuas Schicksal hatte sie auf meinen speziellen Wunsch allerdings nicht erwähnt. Ich wollte, dass die Leute beim *Heidelberger Herbst* Spaß hatten und – ganz nebenbei – gerne halfen, aber es sollte kein Geld durch Betroffenheit gesammelt werden.

Kurz darauf trafen auch Paul und Sebastian ein.

Während wir wie am Fließband Zwiebelkuchen produzierten, wurde die Stimmung immer ausgelassener. Zwiebeln wurden nicht mehr getragen, sondern nur noch geworfen, und Tobias rannte ständig zwischen seinem Haus und den Nachbarhäusern hin und her. Um genug Zwiebelkuchen auf einmal backen zu können, hatte Mona auch noch die Hilfe ihrer Nachbarinnen organisiert, die ihre Backöfen und geeignete Formen zur Verfügung gestellt hatten. Tobias brachte also die vorbereiteten Kuchen zu ihnen und trug die fertig gebackenen zurück.

Währenddessen kam Nicoles Freundin Bianca überhaupt nicht zum Helfen, weil sie die ganze Zeit rumlief und Fotos machte, die sie dann auf ihrer Facebook-Seite postete. Da sie dabei aber auch kräftig die Werbetrommel für unseren Stand rührte, sahen es ihr alle nach.

Ihr absolutes Lieblingsmotiv war Paul, der mit einer Taucherbrille vor dem Gesicht am Terrassentisch saß und mit stoischer Ruhe einer Zwiebel nach der anderen den Garaus machte. Nur ab und zu warf er Sebastian einen misstrauischen Blick zu, den dieser mit ähnlich skeptischer Miene beantwortete.

»Jetzt musst du mir mal die Situation erklären«, forderte Mona mich auf, nachdem sie mich in einem der wenigen etwas ruhigeren Momente zur Seite genommen hatte. »Also, Paul ist dein Exfreund, der vor ungefähr einem Jahr mit dir Schluss gemacht hat, ja?« Als ich nickte, fuhr sie fort: »Und Sebastian ist dein aktueller Freund, der ...«

»Nein!«, unterbrach ich sie vehement. »Wir sind nicht zusammen, wir sind ...«

»... einfach nur total verliebt«, beendete Mona lachend meinen Satz. »Isabelle, mein Schatz, ich bin gelähmt, aber nicht blind. Ich sehe doch, wie er dich ansieht. Und du ihn. Wem willst du eigentlich etwas vormachen?«

Ich sah sie ratlos an und zuckte die Achseln. »Wenn ich das nur wüsste«, seufzte ich.

Alle, die am Freitag geholfen hatten, versammelten sich auch Samstagvormittag pünktlich zum Standaufbau. Schon während wir noch den Pavillon aufstellten und die Tische aufbauten, kamen die ersten Interessenten, die sich Stücke von den selbst gebackenen Zwiebelkuchen mit nach Hause nehmen wollten. Und da auch der Wettergott mitspielte und uns einen warmen, sonnigen Spätsommertag bescherte, riss der Strom der Gäste den ganzen Tag über nicht ab.

Jeder Helfer war beinahe pausenlos mit seinen Aufgaben beschäftigt: Wein ausschenken, Zwiebelkuchen auf Teller bugsieren, Kassieren, Geschirr abräumen und spülen.

Mona war dabei die Ausnahme. Sie war die Einzige, die keine gastronomischen Aufgaben übernommen hatte. Stattdessen hatte sie sich mit ihrem Rollstuhl bei ihren Plakaten postiert und informierte alle Interessierten über den Zweck unserer Aktion. Ganz nebenbei sammelte sie noch etliche Spenden. Ich staunte, wie viel Wissen sie sich inzwischen über die Delfintherapie angeeignet hatte. Ihr Chef konnte stolz auf sie sein, dachte ich mehrere Male. Als Werbefachfrau war sie wirklich ein Ass.

Es war so viel los, dass ich es den ganzen Tag über kaum schaffte, mehr als ein paar Worte mit Sebastian zu wechseln.

Er hatte natürlich den Getränkedienst übernommen, schenkte Wein aus und fachsimpelte mit den Gästen, die ihn nur zu gern mit Beschlag belegten, über sein Spezialgebiet.

Doch jedes Mal, wenn sich unsere Blicke trafen und er mich anlächelte, hatte ich das Gefühl, dass die Zeit für einen winzigen Moment stehen blieb. Dann vergaß ich alle Leute um uns herum und genoss einfach das Gefühl seiner Nähe.

Ich musste immer wieder daran denken, was Mona während der Vorbereitungen zu mir gesagt hatte. Wem wollte ich eigentlich etwas vormachen? Und warum fiel es mir immer noch so schwer, mir selbst und anderen meine Gefühle einzugestehen?

Ich schüttelte den Kopf. Vielleicht wurde es langsam wirklich Zeit, für klare Verhältnisse zu sorgen.

Obwohl wir eigentlich geplant hatten, den Stand bis 23 Uhr offen zu halten, mussten wir schon knapp zwei Stunden vorher schließen. Es war kein einziges Stück Zwiebelkuchen mehr da, und auch der Wein war fast komplett zur Neige gegangen.

Ich war allerdings nicht gerade traurig darüber. Wenn ich richtig mitgerechnet hatte – und das tat ich eigentlich immer – hatten wir ausgezeichnete Einnahmen erzielt. Auf jeden Fall würden Joshuas Eltern damit ein ganzes Stück weiterkommen.

Ob ich mit meinen Füßen dagegen noch weiterkommen würde, wusste ich nicht so genau. Sie fühlten sich an, als hätte ich die klobigen Schuhe von Tiefseetauchern aus früherer Zeit an. Eine Wanderung in Sitzschuhen waren nichts im Vergleich zu dem, was sie heute geleistet hatten.

Trotzdem bewältigten wir mit vereinten Kräften auch den Abbau relativ schnell. Beim Gehen bedankte ich mich bei jedem Helfer und versprach, ihn über die Ergebnisse unserer Aktion auf dem Laufenden zu halten. Noch immer war ich fassungslos über die Welle der Hilfsbereitschaft, die mir entgegengeschlagen war.

Nachdem ich gemeinsam mit Sebastian den zusammengeklappten Pavillon und die letzten Kartons mit Gläsern in seinem Auto verstaut hatte, fühlte ich mich, als hätte ich nicht nur am Iron-Man-Wettbewerb auf Hawaii teilgenommen, sondern wäre anschließend direkt nach Hause geschwommen. Völlig geschafft rieb ich mit beiden Händen über mein Gesicht.

Auch wenn ich ihn nicht sah, spürte ich, dass Sebastian von hinten an mich herangetreten war. Die ganze Zeit seit unserer gemeinsamen Nacht hatte er sich an meine Bitte, mir Zeit zu lassen, gehalten und keinen Annäherungsversuch gestartet.

Einerseits hatte ich ihm das hoch angerechnet, ihn andererseits aber auch so manches Mal verflucht, wenn ich mir insgeheim gewünscht hatte, er möge endlich die Initiative ergreifen.

Hatte ich meine verkorkste Persönlichkeit eigentlich schon erwähnt?

Nun spürte ich, dass er seine Arme sanft von hinten um meine Taille schlang und mich ein Stück zu sich heranzog. Ich schloss die Augen und genoss seine Wärme und die sanfte Berührung.

»Du warst toll heute«, flüsterte er mir ins Ohr. »Wirklich die perfekte Gastgeberin für alle Besucher und ganz nebenbei noch das geborene Organisationstalent.«

Ich öffnete die Augen wieder und lächelte ihn über die Schulter an. »Ich glaube, du überschätzt mich maßlos. Ohne die ganzen Helfer hätte ich das nie geschafft. Und am wichtigsten war für mich sowieso deine Unterstützung. Ohne dich hätte ich schon vor ein paar Tagen aufgegeben. Danke.«

Ich drehte mich in seiner Umarmung um, sah ihm direkt in die blauen Augen und gab ihm einen vorsichtigen Kuss auf den Mund.

»Ich – ich glaube, ich habe mich in dich verliebt«, sagte ich mit seltsam kratziger Stimme.

Sebastian zog mich noch näher zu sich heran, griff mit einer Hand in meine Haare und erwiderte meinen Kuss lange und fordernd.

Als er mich wieder losließ, sah er mir in die Augen und lächelte noch umwerfender als sonst.

»Ich weiß«, antwortete er leise.

Kapitel 28

Als Sebastian am Montagabend vor meiner Wohnungstür stand, wusste ich sofort, dass sich etwas verändert hatte.

Wir hatten die Nacht auf Sonntag zusammen verbracht und auch den ganzen Tag. Und zum ersten Mal hatte ich es geschafft, die Zeit mit ihm einfach nur zu genießen, ganz ohne schlechtes Gewissen. Die Angst, dass ich anderen Menschen nur Unglück brachte, flackerte nur noch ganz selten auf.

Am Montag nach der Arbeit hatte ich noch mit einer Mitarbeiterin des Vereins telefoniert, der die Delfintherapie für Joshua organisieren wollte. Mit ihr war ich übereingekommen, dass die Familie des Jungen nicht erfahren sollte, von wem das gespendete Geld kam. Ich wollte einfach nur helfen, mich aber nicht als großer Spender feiern lassen. Allerdings hatte mir die Frau versprochen, mich über Joshuas Fortschritte auf dem Laufenden zu halten, wenn die Familie einwilligte.

Zufrieden machte ich mir gerade ein schnelles Abendessen fertig, als es an der Tür klingelte. Es war die Klingel der Wohnungstür, nicht die der Haustür unten, daher ging ich davon aus, dass es Nicole war, die ein bisschen mit mir quatschen wollte.

Doch ich hatte mich geirrt. Vor meiner Tür stand Sebastian und sah mich ernst an.

»Hi«, sagte ich verwirrt. »Waren wir verabredet? Ich dachte, du wolltest dich heute mit ein paar Freunden treffen.«

»Das wollte ich auch, aber ich muss dringend mit dir reden.« Als ich nicht reagierte und ihn weiter nur verwundert ansah, fügte er hinzu: »Darf ich reinkommen?«

»Ja, klar.« Ich grinste verlegen und öffnete die Tür ein Stück weiter, um ihn hereinzulassen. Dann wies ich auf mein kleines Sofa. »Setz dich doch. Möchtest du was trinken?«

Sebastian ließ sich auf die Couch fallen und schüttelte abwesend den Kopf, sagte aber nichts.

Ich runzelte die Stirn und schluckte schwer. So kannte ich ihn gar nicht. Irgendetwas musste passiert sein. Und zwar etwas, das ihn sehr mitnahm. Vorsichtig setzte ich mich neben ihn und wandte mich ihm zu.

»Worum geht es denn?«, fragte ich nervös.

Sebastian schien seine Worte sorgfältig abzuwägen, bevor er antwortete.

»Ich habe dir doch erzählt, dass es mein Traum ist, irgendwann ein eigenes kleines Weingut zu haben«, begann er schließlich.

Ich nickte stumm.

»Vor ein paar Monaten habe ich eines entdeckt, das genau meinen Vorstellungen entspricht. Es ist zwar ziemlich heruntergekommen, weil sich der letzte Besitzer um kaum etwas gekümmert hat, aber mit viel Zeit und noch mehr Arbeit könnte man sicher ein kleines Prachtstück daraus machen. Zurzeit gehört es den Erben des letzten Besitzers. Ich hatte ihnen ein Angebot für den Kauf gemacht, aber sie konnten sich nicht einigen. Bis jetzt.«

»Sie wollen jetzt doch verkaufen?«, fragte ich nicht besonders geistreich nach.

Sebastian nickte. »Genau. Ich habe schon gar nicht mehr damit gerechnet, dass sie überhaupt noch mal etwas von sich hören lassen. Aber das haben sie jetzt doch getan – ausgerechnet heute. Sie wollen mein Angebot annehmen. Ich habe aber nur ein paar Tage Zeit, mich endgültig zu entscheiden.« Er presste die Lippen aufeinander.

»Aber das ist doch toll!«, sagte ich freudig. Ich verstand nicht, warum er so niedergeschlagen war. »Das ist doch genau das, was du immer wolltest.«

»Ja, ganz toll.« Sebastian klang bedrückt. »Zumindest wäre es das bis vor ein paar Wochen noch gewesen.« Er senkte den Blick für einen Moment, sah dann aber wieder zu mir auf.

»Das Problem ist nur, dass sich das Weingut nicht hier in der Nähe befindet, sondern in Saint-Aubin-de-Lanquais. Das ist im Perigord.«

Meine Geographiekenntnisse ließen mich wie fast immer im Stich. »Frankreich?«, vermutete ich.

Wieder nickte Sebastian. »Genauer gesagt im Südwesten von Frankreich, von hier aus sind das rund tausend Kilometer.«

»Oh.« Ich starrte ihn entsetzt an.

»Weißt du, das Problem ist, dass ich mir inzwischen gar nicht mehr so sicher bin, ob ich das wirklich will«, erklärte Sebastian weiter. »Ich meine, natürlich will ich immer noch das Weingut, aber ich will auch in deiner Nähe bleiben.«

Ich bemerkte die altvertraute Panik, die wieder in mir aufstieg.

»Isabelle, ich möchte dich jetzt etwas ganz Wichtiges fragen.«

Ich hatte plötzlich das Gefühl, keine Luft mehr zu bekommen. »Sebastian, ich ...«

»Bitte, lass mich erst ausreden, ja?«, bat Sebastian.

Ich nickte betreten.

»Isabelle, seitdem ich dich kenne, hat sich für mich alles verändert. Für dich würde ich meinen Traum aufgeben.« Er musterte mich forschend. »Wenn du mir sagst, dass du es wirklich ernst mit mir meinst, werde ich hierbleiben.«

Mit einem Mal drehte sich alles um mich. Ich schaffte es kaum, einen klaren Gedanken zu fassen, während alles auf mich einstürzte. Plötzlich sah ich wieder Mona vor mir, die von der Brücke fiel.

Für einen Moment schloss ich die Augen. Ich hatte bereits ein Leben zerstört. Wie konnte ich auch nur eine Sekunde darüber nachdenken, noch einen Traum zu vernichten?

Ich sah zu Sebastian, der mich immer noch erwartungsvoll anblickte. Dann schüttelte ich langsam den Kopf. »Das kann ich nicht.«

Sebastian sah aus, als hätte ich ihm direkt ins Gesicht geschlagen. Es dauerte ein paar Sekunden, bis er sich wieder gefasst hatte. Vorsichtig hob er mein Kinn an, sodass ich ihm in die Augen blickte.

»Okay, sieh mich an und sag mir, dass du keine gemeinsame Zukunft für uns siehst. Sag mir, dass ich gehen soll, dann verspreche ich dir, werde ich dich von jetzt an in Ruhe lassen.«

In mir wehrte sich alles dagegen, ihn einfach gehen zu lassen, aber ich wusste genau, dass es nicht gutgehen konnte, wenn er meinetwegen alles aufgab. Wir kannten uns erst ein paar Wochen, wie konnte ich da verlangen, dass er bleiben sollte?

»Ich denke«, sagte ich mit belegter Stimme und sah ihm fest in die Augen, »ich denke, es ist besser, wenn du gehst.«

Eine Weile herrschte Stille.

»Gut«, sagte Sebastian schließlich tonlos und stand auf. »Dann weiß ich jetzt, was du denkst. Ich werde dich nicht mehr anrufen.«

Er ging langsam auf die Tür zum Flur zu.

Ich wollte aufspringen und ihn zurückhalten, aber ich schaffte es nicht. Ich saß nur regungslos da und starrte ihm hinterher.

Bevor er das Zimmer verließ, drehte er sich noch einmal kurz zu mir um. »Wenn du es dir doch noch anders überlegst, ich bin noch bis Mittwochabend hier. Dann fahre ich nach Frankreich und unterschreibe den Kaufvertrag. Mach's gut, Isabelle.«

Ich sagte nichts. Selbst als ich hörte, wie meine Wohnungstür hinter ihm ins Schloss fiel, starrte ich nur ins Leere.

Ich schaffte es nicht einmal, zu weinen.

Kapitel 29

Diesmal war ich diejenige, die mit Sonnenbrille über den verquollenen Augen zur Arbeit kam. Ich fühlte mich leer und irgendwie innerlich hohl, während ich mechanisch meine Aufgaben abarbeitete.

Sogar Lina, die normalerweise das Feingefühl eines Tyrannosaurus Rex besaß, sah mich nur mitleidig an, fragte aber nicht nach, was passiert sei. Und nicht einmal ein Anschlag von Zinkelmann mit Chili-Gummibärchen aus dem *Knallbonbon*, der ausgerechnet Rolf traf, konnte mich aufheitern.

Den ganzen Dienstag über redete ich mit kaum jemandem ein Wort. Erst am Mittwochvormittag, als ich Lina beim Kaffeeholen über den Weg lief, wagte sie es, mich anzusprechen.

»Du Ärmste siehst ja ganz schön mitgenommen aus«, bemerkte sie, wobei sie tatsächlich einen mitfühlenden Ton anschlug. »Geht es um einen Mann?«

Inzwischen schien sich herumgesprochen zu haben, dass meine Vorliebe für Frauen ein doch nicht haltbares Gerücht gewesen war. Ich nickte, sagte aber nichts dazu.

»Hätte ich mir ja auch denken können.« Lina schnaubte verächtlich. »Männer sind doch alle Schweine!«

Ich schüttelte den Kopf. »Der nicht. Genau das ist ja das Problem.«

Je mehr Zeit seit meinem letzten Gespräch mit Sebastian verging, umso mehr zweifelte ich an meiner Entscheidung.

Immer wieder erwischte ich mich bei dem Wunsch, ich wäre egoistischer gewesen und hätte ihn gebeten, bei mir zu bleiben.

Aber jedes Mal sagte ich mir, dass ich richtig gehandelt hatte. Ich hatte kein Recht dazu, seinen Traum zu zerstören. Oder doch?

Am Mittwoch wurde es noch schlimmer. Noch war Zeit, Sebastian zurückzuhalten. Er hatte mir gesagt, dass er an diesem Abend in Richtung Frankreich aufbrechen wollte. Immer wieder sah ich auf die Uhr und rechnete unwillkürlich aus, wie viel Zeit mir noch blieb.

In der Mittagspause war ich schon fast soweit, die Arbeit für diesen Tag hinzuschmeißen und zu ihm zu fahren, aber in letzter Minute fehlte mir dann doch der Mut.

Es gab nur eine vernünftige Möglichkeit, beschloss ich schließlich. Ich musste mit jemandem reden, der mir half, eine Entscheidung zu treffen. Und da kam eigentlich nur Mona infrage.

Daher machte ich ganz pünktlich Schluss mit der Arbeit, setzte mich in mein Auto und fuhr zu ihr nach Hause. Auf dem Weg war ich schon wieder etwas zuversichtlicher. Ich hätte gleich mit ihr reden sollen, dachte ich. Sie konnte mir die Entscheidung zwar nicht abnehmen, aber Mona war schon immer sehr gut darin gewesen, genau die richtigen Fragen zu stellen, sodass mir selbst klar werden würde, was ich eigentlich wollte. Außerdem war sie die perfekte Zuhörerin.

Als ich in die Straße einbog, in der Monas kleines Reihenhaus lag, sah ich schon den Rettungswagen, der vor dem Haus stand.

Es ist sicher etwas bei einem der Nachbarn, versuchte ich mich selbst zu beruhigen. Mona hatte mir erzählt, dass zwei Häuser weiter eine alte Frau wohnte, die in letzter Zeit immer schusseliger wurde. Deshalb hatte die gesamte Nachbarschaft ein Auge auf sie. Es war zwar nicht unbedingt fair, aber ich hoffte, dass der Rettungswagen ihretwegen da war.

Bitte, lass Mona nichts passiert sein, flehte ich im Stillen, während ich an den Straßenrand fuhr und den Motor abstellte. Doch als ich Tobias entdeckte, der mit besorgtem Gesicht mit einem der Sanitäter sprach, wusste ich schon, dass mein Bitten nicht erhört werden würde.

»Was ist passiert?« Der Rettungswagen fuhr gerade los, als ich Tobias erreichte. Er sah mich verwirrt an. In seiner Miene war deutlich zu erkennen, dass er selbst noch nicht begreifen konnte, was sich gerade abgespielt hatte.

»Mona«, sagte er knapp. »Sie ist die Treppe runtergefallen.«

Ich schluckte. »Was ist mit ihr?« Meine Stimme klang schrill, beinahe hysterisch.

Tobias schüttelte abwesend den Kopf. »Ich weiß nicht. Sie bringen sie in die Uniklinik.« Er starrte mit leerem Blick in die Richtung, in die der Rettungswagen verschwunden war.

»Komm«, sagte ich resolut, packte Tobias am Arm und zog ihn zu meinem Auto. »Ich fahr dich hin.«

Kapitel 30

Die Minuten vergingen quälend langsam.

Immer wieder sah ich auf meine Armbanduhr und verglich sie mit der großen Wanduhr, um sicherzugehen, dass sie nicht stehen geblieben war. Aber beide Uhren liefen.

Ich saß neben Tobias in dem kleinen Warteraum im OP-Bereich der Klinik. Wir hatten Mona seit ihrer Einlieferung nicht mehr zu Gesicht bekommen. In der Notaufnahme hatte man uns mitgeteilt, dass sie sofort operiert werden musste. Tobias hatte kurz mit dem Arzt gesprochen, während ich etwas abseits gewartet hatte. Von einer Schwesternschülerin waren wir dann in den Warteraum geführt und unserem Schicksal überlassen worden.

Je mehr Zeit seitdem verging, umso unruhiger wurde ich. Tobias dagegen saß vornübergebeugt auf seinem Plastikstuhl, hatte die Ellenbogen auf die Knie gestützt und das Gesicht in den Händen vergraben. Er hatte die ganze Zeit nichts gesagt. Auf meine Fragen hatte er immer wieder nur den Kopf geschüttelt, und auch jetzt rührte er sich nicht.

»Möchtest du etwas trinken?«, sprach ich ihn vorsichtig an. »Einen Kaffee oder ein Wasser vielleicht? Ich könnte in die Cafeteria gehen ...«

Endlich sah er auf. Ihm gelang sogar ein kleines, gequältes Lächeln, als er zu mir herüberblickte und den Kopf schüttelte. »Danke, das ist lieb von dir, aber ich möchte nichts.«

Ich war froh, dass er überhaupt wieder sprach. »Hast du mitbekommen, was genau passiert ist?«, fragte ich leise.

»Nicht so richtig.« Tobias verzog unglücklich das Gesicht. »Ich war unten, Mona im ersten Stock im Schlafzimmer. Sie wollte wohl oben auf den Treppenlift fahren. Warum das schiefgegangen ist, weiß ich nicht. Sie hat das doch schon Hunderte Male gemacht. Jedenfalls habe ich plötzlich einen Schrei und ein Poltern gehört. Sie ist mitsamt ihrem Rollstuhl die Stufen runtergefallen. Dabei ist sie entweder ungünstig auf eine Stufe geknallt oder der Rollstuhl ist auf sie drauf gefallen. Jedenfalls hat ihr Rücken einen schweren Schlag abbekommen.«

Ich schauderte. »Die Stelle, die damals verletzt wurde?«, fragte ich zaghaft.

Tobias nickte. »Die auch. Aber wohl auch noch weiter oben.« Er fuhr sich verzweifelt mit beiden Händen durch die Haare.

»Mona war ja bisher nur inkomplett gelähmt«, erklärte er mir. »Sie konnte zwar nicht mehr gehen, hat ihre Beine aber immer noch gespürt. Ich darf mir gar nicht vorstellen, dass das jetzt auch noch verloren geht, oder dass sogar noch ihre Arme betroffen sein könnten. Das wäre für sie eine Katastrophe.«

Ich merkte, wie auch mir die Angst die Luft abschnürte, aber ich versuchte, es mir nicht anmerken zu lassen. Tröstend legte ich meine Hand auf seinen Arm.

»Es wird bestimmt alles gutgehen«, versuchte ich ihm und vor allem mir selbst Mut zu machen.

Tobias sah mich an und versuchte zu lächeln. Dann nickte er. »Du hast recht. Davon sollten wir erst mal ausgehen.«

Nervös warteten wir die nächsten Stunden. Ab und zu wanderten meine Gedanken zu Sebastian, der gerade seine

Abfahrt nach Frankreich vorbereiten musste. Aber in diesem Augenblick war die Sorge um Mona einfach dringlicher. Jetzt zählte nur, dass sie die Operation gut überstehen würde.

Als ich einen Blick auf die Wanduhr warf und feststellte, dass es schon nach zehn Uhr war, wurde mit klar, dass es ohnehin zu spät war, um Sebastian noch zurückzuhalten. Er war bestimmt längst aufgebrochen.

Möglicherweise war es besser so, dachte ich traurig. Jetzt konnte er sich seinen Traum erfüllen und ich musste keine Entscheidung mehr treffen.

»Vielleicht solltest du jetzt langsam nach Hause gehen«, riss mich Tobias aus meinen Gedanken. »Es ist schon ganz schön spät, und es kann noch ewig dauern, bis wir etwas erfahren. Du brauchst doch nicht die ganze Zeit hierzubleiben.«

Ich schüttelte energisch den Kopf. »Ich habe Mona schon einmal allein gelassen, als sie mich dringend gebraucht hätte«, sagte ich mit fester Stimme. »Das passiert mir bestimmt nicht noch mal.«

Ich legte meine Hand auf seine. Er ergriff sie und drückte sie fest. Während wir weiter darauf warteten, dass Mona endlich aus dem OP gebracht wurde, hielten wir uns aneinander fest.

Wir brauchten allerdings nicht mehr allzu viel Geduld. Eine knappe halbe Stunde später kam ein Arzt aus dem OP-Bereich und steuerte zielstrebig auf uns zu.

Eigentlich musste er gar nichts mehr sagen. Ich sah schon an seinem Lächeln, dass die Operation gut verlaufen war.

Kapitel 31

Am Freitag, zwei Tage nach Monas Unfall, wollte ich meine Freundin endlich im Krankenhaus besuchen. Ich hatte am Abend zuvor mit Tobias telefoniert. Er hatte berichtet, dass Mona zwar noch recht schwach wäre und sich erholen musste, aber sich garantiert freuen würde, mich zu sehen.

Bewaffnet mit einer großen Schachtel Nougatpralinen, betrat ich vorsichtig das Zimmer in der Klinik.

Mona lag im vorderen Bett, das hintere schien derzeit nicht belegt zu sein. Sie sah blass und irgendwie zerbrechlich aus, aber ihre grünen Augen blitzten schon wieder lebenslustig.

»Isabelle, schön, dass du mich besuchen kommst«, begann sie freudig. »Komm, setz dich zu mir.« Sie klopfte neben sich auf die Matratze.

Ich zog mir aber lieber den Stuhl heran, der an der Wand stand, und setzte mich darauf. Dann hielt ich ihr die Pralinen hin. »Ich dachte, neben dem schrecklichen Klinikessen brauchst du unbedingt etwas Gesundes.«

Mona kicherte. »Nougat, lecker! Endlich mal eine, die mitdenkt. Die Hälfte davon werde ich nachher gleich verspeisen, und mit dem Rest besteche ich vielleicht die Schwestern, damit sie endlich mal ein bisschen für Stimmung sorgen.«

Das war wieder typisch Mona. Sie ließ sich einfach nicht unterkriegen. Ich konnte mir ein Grinsen nicht verkneifen. »Na, dir scheint es ja schon wieder viel besser zu gehen.«

Diesmal war Monas Antwort wesentlich ernster. »So ist es. Ich habe wohl noch mal Glück gehabt. Es ist nichts kaputt gegangen, was nicht vorher schon hinüber war. Dafür hat jetzt meine Wirbelsäule ein paar neue Titanschrauben.« Sie zuckte die Achseln. »Ich habe selbst keine Ahnung, wie das passieren konnte. Vielleicht habe ich den Lift einfach schon zu oft benutzt und dachte, das kann ich sogar im Schlaf. Ich musste Tobias schon versprechen, in Zukunft viel vorsichtiger zu sein. Er hat mir sogar angedroht, mit mir in einen Bungalow ganz ohne Treppen zu ziehen.«

»Das kann ich gut verstehen«, gab ich nickend zurück. »Du hast uns einen ganz schönen Schrecken eingejagt.«

Mona sah mich nachdenklich an. »Tobias hat mir erzählt, dass du die ganze Zeit hiergeblieben bist, während sie mich operiert haben. Das hat mir eine Menge bedeutet.« Sie lächelte. Dann fügte sie leise hinzu: »Und Tobias hast du damit auch sehr geholfen.«

»Ich bin zwar ein Riesenrindvieh, aber manchmal doch lernfähig«, versuchte ich zu scherzen. »Ganz dicke Fehler versuche ich möglichst nur einmal zu machen.«

Mona verdrehte die Augen. »Jetzt fang nicht schon wieder davon an. Das Letzte, was ich gebrauchen kann, sind irgendwelche Schuldbekenntnisse. Kapier endlich, dass dieses Thema ein für alle Mal abgehakt ist, okay?«

Als ich zögernd nickte, sah sie mich stirnrunzelnd an. »Aber da ist noch etwas anderes, stimmt's? Dir geht es nicht gut.«

»Doch, doch, alles okay«, beteuerte ich mit einer wegwerfenden Handbewegung. »Mach dir um mich keine Sorgen.«

»Alles okay?«, wiederholte sie spöttisch. »Du warst ja schon immer eine Niete im Lügen, aber heute übertriffst du dich noch selbst. Hast du schon einmal in den Spiegel geschaut? Du siehst aus wie ein Zombie auf Gurkendiät!«

Ich zögerte einen Moment. Eigentlich war ich doch hergekommen, um Mona ein bisschen aufzumuntern, und nicht um sie zusätzlich mit meinen Problemen zu belasten.

Aber dann entschied ich, ihr die Wahrheit zu sagen. Ich kannte sie gut genug, um zu wissen, dass sie nicht lockerlassen würde, bis sie alles erfahren hatte.

»Zombie schon, nur ohne Gurkendiät«, seufzte ich. »Aber du hast recht, es geht mir nicht besonders gut. Deswegen bin ich am Mittwoch eigentlich auch zu dir gekommen. Ich wollte dich um Rat fragen.«

»Du wolltest meinen Rat? Weswegen?«

Ich lachte freudlos auf. »Eigentlich ist das gar nicht mehr wichtig. Es ist sowieso schon zu spät. Sebastian ist weg.«

»Was soll das heißen, weg?« Mona runzelte wieder die Stirn. »Willst du damit sagen, ihr habt euch getrennt? Ich wusste nicht einmal, dass ihr zusammen wart. Oder habt ihr die Phase der Beziehung einfach übersprungen und seid direkt vom ersten Verliebtsein zur Trennung übergegangen? Ihr scheint ja wirklich ein ordentliches Tempo vorzulegen.«

»So kann man es wohl auch sagen«, meinte ich bedrückt. Ich erzählte ihr alles, was passiert war, seitdem wir unseren Stand auf dem *Heidelberger Herbst* abgebaut hatten.

»Und du hast ihn einfach so gehen lassen?«, stöhnte Mona. »Ich fasse es nicht!«

»Was sollte ich denn tun? Sieh dich doch an. Ich habe schon ein Leben zerstört. Sollte ich Sebastian etwa auch noch seinen Traum versauen?« Ich war lauter geworden, als ich beabsichtigt hatte, deshalb senkte ich meine Stimme wieder ein wenig. »Wie lange, meinst du, wäre das wohl gutgegangen?«

Mona zog eine Grimasse. »Wie lange, meinst *du*, wird es noch dauern, bis ich dich aus diesem Zimmer schmeiße, wenn du weiter solchen Unsinn redest?«, gab sie zurück. »Manchmal denke ich wirklich, dass du damals bei dem Unfall einen wesentlich größeren Schaden davongetragen hast als ich. Hör endlich auf, dir durch etwas, das nicht mehr zu ändern ist, dein Leben kaputt machen zu lassen.«

Ich schüttelte bedrückt den Kopf. »Ich hätte das einfach nicht übers Herz gebracht. Weißt du, Sebastian hat mir erzählt, dass er selbst auf einem kleinen Gut aufgewachsen ist. Aber sein Vater ist sehr früh gestorben, und seine Mutter konnte die Arbeit allein nicht bewältigen. Deshalb musste sie verkaufen.«

Mona blieb stur. »Das macht zwar seine Beweggründe verständlich, ändert aber eigentlich nichts an der Sachlage«, beharrte sie.

Ich ließ resigniert die Schultern sinken. »Es hat gar keinen Sinn, weiter darüber zu diskutieren. Jetzt ist es doch ohnehin schon zu spät.«

»Sagte der Frosch, als er auf der Straße saß und geduldig auf den LKW wartete«, ergänzte Mona spöttisch.

Sie legte die Hand auf meinen Arm und sah mich eindringlich an.

»Isabelle, jetzt hör mir mal zu. Sebastian war bereit, alles für dich aufzugeben. Ich habe gesehen, wir ihr beide euch auf dem Altstadtfest angesehen habt. Und ich sehe, wie es dir jetzt geht. Findest du nicht, es ist endlich an der Zeit, den Kopf aus dem Sand zu ziehen und mal ein Risiko einzugehen? Ist dir schon mal eingefallen, dass es auch noch einen anderen Weg für euch gibt? Oder anders gefragt: Wie viel wärst *du* bereit aufzugeben?«

»Du meinst ...?«

Ich spürte, wie mein Herzschlag sich beschleunigte. Ein paar Mal hatte ich schon selbst daran gedacht, hätte aber von allein nie den Mut dazu aufgebracht.

Doch schon kamen mir wieder Zweifel.

»Ich denke nicht, dass das eine gute Idee wäre. Weißt du, warum er sich von seiner letzten Freundin getrennt hat? Er hat es mit erzählt. Weil sie zu sehr geklammert hat.«

Mona zuckte die Achseln. »Dann war sie halt einfach nicht die Richtige für ihn. Oder hat er dir gesagt, dass er ihretwegen auch alles aufgegeben hätte?«

Als ich zögernd den Kopf schüttelte, grinste sie triumphierend. »Na also. Bei dir ist das was ganz anderes.«

»Ich weiß nicht ...«, begann ich, doch Mona hatte sich anscheinend in den Kopf gesetzt, keinen meiner Einwände mehr gelten zu lassen.

»Aber ich weiß«, unterbrach sie mich energisch. »Nämlich, dass ich nicht vorhabe, mich in den nächsten Monaten mit einem Trauerkloß zu umgeben, der ständig seiner verpassten Chance nachheult. Was riskierst du schon? Du kannst jederzeit zurückkommen. Einen neuen Job findest du in deinem Beruf ohne Probleme. Und wenn alle Stricke reißen, könntest du sogar eine Weile bei mir und Tobias einziehen.« Sie verzog schelmisch das Gesicht. »Unser Keller müsste übrigens immer noch aufgeräumt werden.«

Ich ging nicht auf das Geplänkel meiner Freundin ein, sondern sah sie lange unschlüssig an.

Ich hatte ihren Rat haben wollen, und ich hatte ihn bekommen. Jetzt von ihr ermutigt zu werden, tat mir sehr gut. Worauf also wartete ich eigentlich noch?

Schließlich nickte ich vorsichtig. »Du hast recht. Vielleicht ist es wirklich an der Zeit, dass ich nicht nur untätig rumsitze und darauf warte, dass sich mein Leben von ganz allein ändert.«

Wir wurden vom Klopfen an der Tür unterbrochen. Ein riesiger Blumenstrauß schob sich ins Zimmer, hinter dem Tobias fast nicht zu sehen war.

»Ah, du hast Besuch«, bemerkte er, als er mich entdeckte. »Hallo Isabelle«, meinte er an mich gewandt. Mona begrüßte er mit einem Kuss.

»Isabelle hat mir Pralinen mitgebracht«, erklärte Mona triumphierend und wies mit dem Zeigefinger auf die Schachtel, die auf ihrem Beistelltischchen lag. »Die schmecken viel besser als deine Blumen.«

»Verdient hättest du eigentlich weder das eine noch das andere«, erwiderte Tobias ungerührt. »Dir reicht es ja nicht, von der Brücke zu fallen und dich kaputt zu machen. Nein, du musst dich ja auch noch die Treppe hinunterstürzen und versuchen, den Rest von dir auch noch zu ruinieren.«

Ich zuckte unwillkürlich zusammen. An den flapsigen und manchmal auch ziemlich rauen Umgangston zwischen den beiden hatte ich mich immer noch nicht gewöhnt. Aber ich wusste inzwischen, dass Mona gerade den sehr schätzte. Sie hasste es, wegen ihrer Behinderung mit Samthandschuhen angefasst zu werden.

»Ich werde dir zu deinem nächsten Geburtstag eine riesige Wattekugel schenken. Da kannst du mich dann reinpacken«, gab sie in sarkastischem Ton zurück.

Ich stand auf. »Leute, es tut mir leid, dass ich euer Liebesgeflüster stören muss, aber ich denke, ich sollte jetzt los. Ich habe noch eine Menge zu tun.«

Ich gab erst Mona und dann Tobias einen Kuss auf die Wange, dann wandte ich mich zum Gehen.

»Was ist denn jetzt los? Habe ich Isabelle vertrieben?«, fragte Tobias ratlos.

Mit einem Lächeln auf dem Gesicht hörte ich Monas Stimme, bevor ich die Tür des Krankenzimmers hinter mir schloss.

»Nee, sie muss nach Hause und packen. Sie fährt heute noch nach Frankreich.«

Kapitel 32

Nachdem ich in meiner Wohnung angekommen war, setzte ich mich als Erstes an den Computer. Obwohl schon Freitagabend war, hatte ich noch keine E-Mail von Lily bekommen. Anscheinend war heute nicht nur ich spät dran. Ich beschloss, mich kurz zu fassen.

Liebe Lily, schrieb ich. *Ich muss leider dringend weg und gebe deshalb auf. Melde mich demnächst bei dir und lade dich dann zum Essen ein.*

Ganz liebe Grüße,

Isabelle

Ich schickte die Mail ab, dann schaltete ich sofort den Computer aus.

Auf einen Zettel schrieb ich genaue Anweisungen zur Pflege meiner Pflanzen. Das schlechte Gewissen, das mich dabei überkam, versuchte ich tapfer zu ignorieren. Ich musste mich jetzt um *mein* Leben kümmern. Wenn ein paar Pflanzen das mit ihrem bezahlen würden, war das eben nicht zu ändern.

Dann packte ich schnell ein paar Sachen zusammen, machte mir für die Fahrt eine Thermoskanne voll starken Kaffee und holte eine Packung Kekse und ein paar Bonbons aus dem Schrank.

Das musste reichen, entschied ich.

Mit meiner Tasche und meinem Rucksack bepackt lief ich die Treppe hinunter und klingelte bei Nicole. Aus ihrer

Wohnung drangen lautes Gelächter und Stimmengewirr, aber niemand öffnete. Kein Wunder, dachte ich. Da drin saß eine ganze Horde und glühte schon ordentlich vor für den Kneipenbummel oder den Besuch im Biergarten.

Also klingelte ich Sturm und ließ den Knopf nicht mehr los, bis Nicole verwundert den Kopf durch die Tür steckte.

Erst als sie freudig »du kommst doch mit uns mit?«, fragte, wurde mir klar, dass ich ganz vergessen hatte, meinen Anrufbeantworter abzuhören.

»Äh, nein.« Ich wies auf meine Tasche. »Ich fahre ein paar Tage weg. Ich will Sebastian in Frankreich besuchen.«

Nicole grinste anzüglich. »Oh, là, là!«

Ich machte eine wegwerfende Handbewegung. »Ich fürchte, das *Oh, là, là* wird dir gleich vergehen. Ich wollte dich nämlich bitten, dich um meine Pflanzen zu kümmern, während ich weg bin.«

»Mich?«

Ungeachtet ihres plötzlich sehr blassen und erschrocken aussehenden Gesichts drückte ich ihr den Zettel mit den Anweisungen in die Hand, gab ihr einen flüchtigen Kuss auf die Wange und wandte mich zum Gehen. Ich wollte ihr gar nicht erst die Gelegenheit zum Protest geben.

»Danke. Ich rufe dich dann an und frage, wie es meiner Palme geht«, rief ich ihr noch über die Schulter zu.

Als die Haustür hinter mir mit lautem Klicken zufiel, stand Nicole immer noch ratlos in ihrer Wohnungstür und sah mir hinterher.

Kapitel 33

Kurz vor halb zehn am nächsten Tag kam ich endlich in dem Dorf Saint-Aubin-de-Lanquais im Perigord an.

Es war ein hübscher kleiner Ort, der mit einem Hauch von Patina überzogen zu sein schien, wie es für Dörfer in dieser Gegend typisch ist. Ihn umgab eine herrliche Landschaft, leicht hügelig und vom Weinanbau geprägt, aber ich hatte in diesem Moment kaum Interesse daran.

Ich war gleichzeitig müde, nervös und verschwitzt und wahrscheinlich roch ich nach der Nacht im Auto auch nicht besonders gut. Außerdem brannten mir die Augen.

Ich war fast die ganze Zeit durchgefahren. Kurz nach Mitternacht hatte ich eine Pause eingelegt, in der ich versucht hatte, ein bisschen zu schlafen. Aber ich war viel zu aufgeregt gewesen. Nach ein bisschen Dösen hatte ich mich deshalb wieder auf den Weg gemacht. Erst bei Beginn der Morgendämmerung waren meine Reserven erschöpft gewesen. Ich war auf einen Rastplatz gefahren und hatte es tatsächlich geschafft, drei Stunden zu schlafen.

Ich hätte dringend eine Dusche nötig, sagte ich mir, doch daran war vorerst nicht zu denken. Immerhin hatte ich mir auf dem Rastplatz noch die Zähne geputzt.

Jetzt bemerkte ich aber noch ein anderes Problem. Ich wusste zwar den Ort, in dem das Weingut liegen sollte, das jetzt Sebastian gehörte, hatte aber keine genaue Adresse.

Glücklicherweise entdeckte ich eine ältere Frau, die vor einem kleinen Haus auf einer Bank am Straßenrand saß und die Vormittagssonne genoss. Ich fuhr heran, stieg höflicherweise aus dem Auto aus und lächelte sie an.

»Excusez-moi«, begann ich noch recht zuversichtlich, aber dann verließen mich meine Französischkenntnisse auch schon. Meine Mutter hätte gesagt, dass sie ein bisschen eingerostet wären, tatsächlich lagen sie aber unter einer zentimeterdicken Rostschicht regelrecht vergraben.

Falls ich tatsächlich hierbleiben sollte, hätte ich eine Menge zu tun, meine Sprachkenntnisse wieder aufzufrischen, ging es mir durch den Kopf. Aber nicht das Lernen von Vokabeln war das, was mich daran schockte, sondern dass ich tatsächlich bereit war, mein bisheriges Leben weitgehend aufzugeben. Dass ich es mir in diesem Moment sogar mehr wünschte als alles andere, wie ich mir eingestehen musste.

Mit Händen und Füßen und ein paar französischen Brocken versuchte ich der Frau zu erklären, dass ich auf der Suche nach dem Weingut war, das gerade an einen Deutschen verkauft worden war.

Die Alte starrte mich verwirrt an, doch dann warf sie einen Blick auf mein Autokennzeichen und ihre Miene hellte sich auf.

»Ah, vous cherchez le jeune Allemand, qui a achêté le domaine viticole, Monsieur Schöller. Il est très gentil«, strahlte sie.

Ich hatte außer dem Namen eigentlich nichts verstanden, nickte aber begeistert. Viel konnte ich dabei ja auch nicht falsch machen.

Mit vielen Worten und noch mehr Gesten erklärte sie mir den Weg. Ich bedankte mich überschwänglich, dann stieg ich wieder in mein Auto und fuhr langsam in die Richtung, in die sie gewiesen hatte.

Schon an der ersten Weggabelung wusste ich nicht mehr weiter. Ich entschied mich willkürlich dazu, nach links zu fahren – und hatte Glück. Kurz darauf entdeckte ich Sebastians blauen Audi, der vor einem kleinen Hof geparkt war.

Ich fuhr hin stellte mein Auto daneben ab. Mein Gepäck ließ ich erst einmal im Auto. Es konnte ja gut sein, dass Sebastian mich gleich wieder rausschmiss, wenn ich plötzlich vor seiner Tür stand.

Grund genug dazu hatte er ja, überlegte ich beschämt. So, wie ich ihn in der letzten Woche abserviert hatte.

Das kleine Gut machte einen idyllischen Eindruck, doch auf den zweiten Blick erkannte man deutlich die Verfallserscheinungen. Zudem schien es menschenleer zu sein. Weder auf dem Hof noch in den umliegenden Weinbergen konnte ich jemanden entdecken.

Zielstrebig ging ich auf ein Gebäude zu, das am ehesten nach Wohnhaus aussah. Da es keine Klingel gab, klopfte ich an die Tür.

Ich wartete. Es dauerte wahrscheinlich nicht mal eine halbe Minute, aber es kam mir wie eine halbe Ewigkeit vor. Nichts passierte. Wieder klopfte ich, diesmal etwas lauter. Aber auch jetzt blieb alles still.

Suchend sah ich mich auf dem Hof um. Da niemand dort zu sein schien, beschloss ich, einmal um das Gut herumzulaufen. Irgendwo musste doch jemand sein, der mir sagen konnte, wo Sebastian sich aufhielt.

Ich lief auf die Rückseite des Wohnhauses – und plötzlich sah ich ihn. Er stand in alten Jeans und einem fleckigen T-Shirt an der Mauer eines der Nebengebäude und kratzte bröckelig gewordene Mörtelmasse zwischen den Steinen hervor.

Ich merkte, dass mein Mund vor Nervosität ganz trocken wurde. Ich blieb kurz stehen und beobachtete ihn. Dann atmete ein paar Mal tief durch und zwang mich, mit möglichst festen Schritten in seine Richtung zu gehen.

Er hörte mich erst, als ich schon fast bei ihm war. Freundlich lächelnd drehte er sich zu mir um, doch dann erstarrte seine Miene sofort. Abschätzend kniff er die Augen zusammen.

Eine Weile sahen wir uns einfach nur an. Ich hätte etwas sagen sollen, brachte aber kein Wort heraus.

»Was willst du?«, fragte er schließlich. Sein Tonfall war kühl, beinahe schon abweisend.

Ich schluckte schwer.

Ich wollte so viel.

Ich wollte ihm sagen, dass ich einen Riesenfehler gemacht hatte, ihn einfach so gehen zu lassen. Ich wollte ihm gestehen, dass ich wegen meiner Gefühle ihm gegenüber plötzlich Panik bekommen hatte. Ich wollte ihm erklären, was mit Mona passiert war, und warum ich am Mittwoch nicht mehr zu ihm gekommen war, um wenigstens noch einmal mit ihm zu reden. Ich wollte ihn bitten, mir noch eine Chance zu geben, meinen Fehler wieder gutzumachen.

Und ich wollte ihm sagen, wie sehr ich ihn vermisst hatte, dass ich ihn liebte und dass ich mit ihm zusammen sein wollte – egal wo.

Aber ich schaffte es nicht. Meine Kehle war wie zugebunden.

Nur ein einziges Wort brachte ich mühsam hervor:

»*Dich!*«

Schweigend starrte Sebastian mich an. Ich hatte keine Ahnung, was in ihm vorging. Seine Miene war unbewegt und für mich vollkommen unergründlich.

Ich hatte das Gefühl, dass Stunden vergingen, während ich ihn ängstlich ansah und mit jeder Sekunde nervöser wurde.

Doch irgendwann erlöste er mich, und auf sein Gesicht legte sich endlich das Lächeln, das ich so liebte.

Kapitel 34

»Wow, war das gut!«, stöhnte Lily theatralisch und ließ sich in ihrem Stuhl zurückfallen. Mit beiden Händen strich sie sich über den Bauch. »Ich sag dir, Isabelle, wenn ihr mir in den nächsten Tagen noch häufiger so gutes Essen vorsetzt, bleibe ich einfach für immer hier. Und das könnt ihr nicht als Versprechen, sondern durchaus als Drohung verstehen.«

Sebastian lachte. »Hey, wir können doch gar nichts dafür. Das hier ist Frankreich, da lebt man nun mal wie Gott.«

»Vor allem, wenn man knietief im Schlamm steht und versucht, die alte Pumpe wieder in Gang zu setzen, so wie gestern«, fügte ich hinzu und verdrehte demonstrativ die Augen.

Wir saßen zu sechst in unserer Küche, dem größten Raum im Wohnhaus des Weinguts. Gerade hatten wir das Dessert beendet, das unserem gemeinsamen Abendessen den wohlverdienten krönenden Abschluss verliehen hatte, ein herrliches Birnen-Soufflé.

Glücklich lehnte ich mich an Sebastian, der sofort die günstige Gelegenheit ergriff und beide Arme um meine Taille schlang. Ich hatte mich dafür extra zu ihm auf die robuste Holzbank gesetzt, und nicht auf einen der Stühle. So konnten wir uns ganz ungehindert näherkommen.

Sechs Wochen war es jetzt her, dass ich Heidelberg verlassen und zu Sebastian nach Saint-Aubin-de-Lanquais gefahren war. Sechs Wochen, in denen ich meinen Entschluss nicht einmal für den Bruchteil einer Sekunde bereut hatte.

Und jetzt endlich, Mitte November, hatte ich es endlich geschafft, meine Wettschulden abzutragen und Lily zu dem versprochenen Abendessen einzuladen, natürlich in mein neues Zuhause.

Sie war ganz anders, als ich es mir vorgestellt hatte, zumindest äußerlich. Ihr Charakter war zwar genau so, wie ich ihn schon in den vielen Mails, die sie mir geschrieben hatte, kennengelernt hatte. Doch nach ihren Eskapaden hatte ich eine flippige, vielleicht sogar etwas verrückte junge Frau erwartet, mit lila Haaren oder Hippieklamotten. Das Gegenteil war der Fall. Lilys Aussehen war ziemlich bieder, beinahe schon spießig.

Von ihrem Begleiter konnte man das allerdings gar nicht behaupten. Ich war ziemlich überrascht gewesen, als Lily nicht allein, sondern mit ihrem neuen Freund vor unserer Tür gestanden hatte. Der Typ hatte die Statur eines Wrestling-Stars und grellrote, zu Stacheln gestylte Haare. Sie hatte ihn mir nicht vorstellen brauchen. An den Piercings im Gesicht und den unzähligen Spinnen-Tattoos hatte ich ihn sofort erkannt. Es war Alex, der Vogelspinnen-Züchter. Verliebt hielten die beiden die ganze Zeit Händchen.

»Meinetwegen könnt ihr ganz hierbleiben«, antwortete ich grinsend auf Lilys Drohung. »Es gibt genug Arbeit für eine ganze Horde von Leuten. Sucht euch was aus. Ein paar Maschinen müssen repariert werden, das Dach der Scheune ist undicht und braucht ein paar neue Ziegel, ach ja, und der Keller müsste dringend aufgeräumt werden.«

»He«, beschwerte Mona sich in entrüstetem Tonfall, »das ist doch mein Part. Du hast meinen Satz geklaut!«

»Entschuldige, er passte gerade so gut.«

Verschwörerisch wechselten wir einen wissenden Blick, während die anderen uns irritiert ansahen.

»Insiderwissen«, erklärte ich und zuckte lässig die Achseln.

Tobias wechselte das Thema, indem er Sebastian über den Wein ausfragte, den wir zum Abendessen getrunken hatten.

»Das war einer von unserem Weingut, eine 2008er Cuvée aus Merlot und Cabernet Franc, aber natürlich noch nicht aus eigener Ernte. Da müsst ihr noch ein bisschen warten«, erklärte Sebastian bereitwillig. »Sobald wir unsere erste Eigenproduktion öffnen, laden wir euch natürlich wieder dazu ein. Und wenn ihr noch ein bisschen mehr Geduld habt, könnt ihr vielleicht sogar ganz besondere Spezialitäten probieren.«

Er lächelte mich stolz an, und ich drückte leicht seine Hand.

»Isabelle hat nämlich ein paar alte Leute aus dem Ort bequatscht, dass sie Stecklinge aus den Weinstöcken schneiden darf, die diese in ihren Gärten haben«, fuhr er fort. »Wenn wir Glück haben, sind ein oder zwei seltene alte Sorten dabei, die wir auf diese Weise wiederbeleben können.«

»Wir müssen natürlich zuerst noch eine DNA-Analyse machen lassen, um ganz sicherzugehen, um welche Sorten es sich tatsächlich handelt. Ich will ja nicht mit viel Mühe einen stinknormalen Merlot vermehren und veredeln«, fügte ich begeistert hinzu.

Mona nickte mir aufmunternd zu. »Na, du scheinst dich ja hier schon ganz zuhause zu fühlen.«

Das tat ich wirklich. Ich war eigentlich nie auf den Gedanken gekommen, ins Ausland zu gehen. Aber jetzt hatte ich alles auf eine Karte gesetzt. Ich hatte meinen Job und meine Wohnung gekündigt und war ganz zu Sebastian gezogen. Glücklicherweise hatte ich mich mit Zinkelmann einigen können, den Rest der Kündigungsfrist von hier aus zu arbeiten. Dank der weltweiten Vernetzung war das relativ unproblematisch. Mein Chef hatte wahrscheinlich geahnt, dass ich sonst einfach gar nicht mehr zum Arbeiten erschienen wäre.

Mona hat absolut richtig gelegen, dachte ich. Es war es wert, alles zu riskieren. Und es fühlte sich absolut richtig an. Außerdem wusste ich, dass ich auf ihre Hilfe würde zählen können, wenn ich doch irgendwann einmal Probleme bekommen sollte.

Ich sah glücklich in die Runde. Lily gab gerade ihre Geschichte zum Besten, wie sie ihren Exfreund mit einer Truppe von Kakerlaken beglückt hatte.

»Keine Angst, solltest du mal auf blöde Ideen kommen, denke ich mir für dich etwas ganz anderes aus«, verkündete sie mit einem bezaubernden Lächeln in Richtung Alex. »Dich können Krabbelviecher ja nicht unbedingt schocken.«

Dass auch sie anscheinend ihre Angst vor Spinnen inzwischen vollständig überwunden hatte, folgerte ich aus der Tatsache, dass sie dabei hingebungsvoll die fast fotorealistische Spinnentätowierung im Nacken ihres Freundes kraulte.

Immer noch konnte ich es kaum fassen, was sich in den letzten Wochen in meinem Leben alles verändert hatte. Hätte mir jemand ein halbes Jahr vorher prophezeit, dass ich eine neue Freundin gewinnen, mich mit Mona versöhnen und vor allem ganz unbefangen meine Verliebtheit genießen würde, hätte ich für ihn schon einmal eine Zelle in der Psychiatrie reserviert.

Als Lily und ich kurz darauf das Geschirr und die Reste des Essens abräumten, nahm sie mich kurz zur Seite.

»Isabelle, ich muss dir was gestehen«, raunte sie mir zu und verzog unglücklich das Gesicht. »Ich freue mich echt, mit Alex hier zu sein, aber eigentlich habe ich das gar nicht verdient. Ich meine, das Abendessen als unseren Wetteinsatz.«

»Doch, natürlich«, widersprach ich sofort. »Ich habe als Erste aufgegeben, also war ich es dir schuldig.«

Lily schüttelte den Kopf. »Das stimmt so nicht ganz. Du hast zwar die Wette beendet, aber die letzte Aufgabe hast du doch noch mit Bravour gemeistert. Du hast Joshua die Delfintherapie ermöglicht und damit hoffentlich sein Leben verändert. Aber ich« – sie zögerte und biss sich beschämt auf die Unterlippe – »ich hab's einfach nicht geregelt bekommen. Deshalb hätte eigentlich ich dich einladen müssen.«

»Natürlich hast du die Aufgabe erfüllt, merkst du das denn nicht?«, widersprach ich lachend. »Sieh dich doch mal um. Du hattest mich noch nie gesehen, trotzdem hast du mein Leben von Grund auf umgekrempelt. Noch vor ein paar Monaten habe ich mich nur von meinem schlechten Gewissen leiten lassen, aber jetzt habe ich Sebastian, Mona – und dich.«

Ich sah hinüber zu unserem großen Küchentisch, an dem die vier anderen immer noch saßen. Alex erklärte Tobias anscheinend gerade jedes einzelne seiner Spinnen-Tattoos, während sich Mona angeregt mit Sebastian unterhielt. Als er zu mir hinübersah, schickte ich ihm ein Lächeln, das er prompt erwiderte. Ich fragte mich, ob es jemals aufhören würde, dass ich dabei weiche Knie bekam. Hoffentlich nicht, dachte ich insgeheim.

Dann wandte ich mich wieder Lily zu, deren Gesicht immer noch Unsicherheit widerspiegelte. Mit meiner Überzeugungskraft schien es immer noch nicht zum Besten zu stehen. Ich sah meine neue Freundin einen Moment an, dann nahm ich sie ganz fest in den Arm.

»Auch wenn du selbst keine Ahnung davon hattest, hast du das alles letztendlich mit deiner Tagebuchseite im *Spiel des Engels* ausgelöst«, sagte ich ihr leise ins Ohr. »Und du kannst dir gar nicht vorstellen, wie dankbar ich dir dafür bin!«

- Ende -

Nachwort der Autorin

Liebe Leserin, lieber Leser,

ich möchte mich bei Ihnen bedanken, dass Sie *Eine besondere Herzensangelegenheit* gelesen haben.

Ich selbst hatte sehr viel Spaß beim Schreiben, und ich hoffe natürlich, dass Sie mit meiner kleinen Liebesgeschichte ein paar angenehme, unterhaltsame Stunden hatten.

Über eine Rezension oder direktes Feedback würde ich mich sehr freuen. Für Anregungen und Kritik bin ich jederzeit offen.

Sie erreichen mich direkt unter
milena@elibresca.com.

Vielen Dank

Ihre
Milena Mayfeldt

Lesetipp

Hochzeit nach Plan B

von Milena Mayfedt

Ausgerechnet als Hannah ihrem Freund einen Heiratsantrag macht, gesteht er ihr, dass er sie schon seit Monaten betrügt. Wutentbrannt verlässt sie ihn – und steht vor den Trümmern ihres Lebens. Denn neben ihrem Freund ist sie auch noch ihren Job und ihre Wohnung los.

Als sie versehentlich einem Mann das Leben rettet und dann auch noch für dessen Verlobte gehalten wird, geht das Chaos erst richtig los.

Jetzt braucht sie dringend einen Plan B, denn die Hochzeit soll schon in wenigen Wochen stattfinden ...

Ein mitreißender Frauenroman: witzig - romantisch - unterhaltsam!

2818598R00128

Printed in Germany
by Amazon Distribution
GmbH, Leipzig